ВАНЯ

ДЯДЯ

凡尼亞舅舅

ДЯДЯ ВАНЯ

契訶夫 著 游孟儒 譯

А. П. Чехов

目次

導讀

新譯契訶夫的戲劇藝術

文／Н.К. Гарбовский　加爾勃夫斯基
俄羅斯國立莫斯科大學高等翻譯學院院長
譯／游孟儒

《凡尼亞舅舅》是契訶夫成熟的代表劇作。俄羅斯白銀時代著名戲劇評論家、文學家與翻譯家，埃夫羅斯．尼古拉．葉非莫維奇評論：「《凡尼亞舅舅》是最「契訶夫式」的劇本，劇作家契訶夫在這部劇中特別完整且清晰的表現自我。一切如此珍貴並具代表性——大篇幅又迷人的方式全部呈現在此劇作中。」契訶夫的劇本是俄羅斯文學中獨一無二的存在。契訶夫把俄羅斯古典文學中的心理描寫推向顛峰。劇本《凡尼亞舅舅》理所當然地被視為契訶夫最好的作品之一，同時也是俄羅斯最好的劇作之一，其重要性絲毫不會隨著時間的推移而降低。

雖然作者對於劇本標題如此說明——「四幕鄉村生活場景劇」，但重要的並非故事情節，不是俄羅斯知識分子「鄉村生活」的實際情況，而是各個角色的情緒，他們的內心世界，在非戲劇性的平淡日常中揭開社會矛盾的傷痕。作家用他個人特有的表達方式，將自己的劇本編排成精細的「生活概念」。除了沃伊尼茨基跟謝列布里雅科夫的爭吵為主要表面衝突之外，劇本《凡尼亞舅舅》一如契訶夫往常的作品，其中沃伊尼茨基、伊蓮娜．安德烈耶芙娜、阿斯特洛夫、索妮亞彼此的私人關係呈現錯綜複雜。劇作家也沒有忽略角色多樣化的家庭與日常關係，包括劇中配角，切列金、保姆瑪琳娜、沃伊尼茨基的母親。高爾基描述過契訶夫，指出契訶夫所見，在他面前並非單獨存在的個體，而是一條條的線，全數纏繞在一起，成了巨大、可怕、糾結的線團。契訶夫沒有讓「善」與「惡」的對決直接、具體的表現於任何個體。社會心理學與個人心理學之間的關聯性引起了劇作家的關注。契訶夫筆下的角色不滿於生活結構和規範，但他們更加強烈感受到自己的無能為力，他們看不到出路，只能夠屈服於消極的日常生活。契訶夫戲劇中人物的性格是多元、流動的；即使充滿矛盾，人物依舊保有自我內在人格統一性。契訶夫感興趣的不是角色個人特色，而是許多人熟知的情緒典型特徵和穩定的精神狀態。

各個角色的複音音樂中，每個人都以自己的方式飽受折磨，感到恐慌的氛圍、普遍的不安，無關乎個人的不幸，而是由於人類社會結構的不穩定所造成。

契訶夫劇本的語言特色在於表面上文字平淡無奇。什麼都寫出來了，卻也什麼都沒有寫。隨著譯者致力於契訶夫劇院的翻譯過程中，應該能夠逐漸挑選出可以稱之為調性的部分。《凡尼亞舅舅》的主要調性蘊藏在「粗俗的」（平庸的、陳腐的）這個詞之中，它與「美好的」（優秀出色的）完全相反。契訶夫在劇本框架中同時加入其語言的獨有特徵，以及他劇本的深刻主題。劇本的文字——指的是這齣戲的內容，而文字的本質——只能是他們說的話。

在《凡尼亞舅舅》劇中，謝列布里雅科夫首次登場就說：「太美好了、太美好了……」契訶夫盡力讓事情變得顯而易見，就算假設一切始終處於非常隱蔽的狀態。當我們的注意力被喚醒，我們會看見他接著使用一個非常相似的形容詞「絕妙的景色」。之後切列金使用另一個相似形容詞：「美妙絕倫的景色，教授閣下。」凡尼亞舅舅則對伊蓮娜使用了「美妙的女人」這個形容詞。而切列金稱天氣為「迷人的」。沃伊尼茨基將謝列布里雅科夫第一任妻子形容為「純潔的天使，純潔又美好」。如果是涉及到故事系統的重要元素，一切都會再次重複出現。索妮亞在劇本結尾的時刻，當她的人生變得更加徒勞無功，變得比過去任何時候更苦，便再次使用這個詞，賦予它最完整的涵意：「舅舅，親親可愛的舅舅，我們就能看見人生的光明、美好、優雅，我們會興高采烈並帶著感動，帶著微笑，回頭看我們現在的不幸——然後我們終將安息……」此時，重要的是標出「美好的」這個形容詞被列進一套完全不協調的陳腔濫調中，索妮亞相當尷尬的陳述那些老生常談，讓他們更加挫敗。因此她加入了另外一面的調性：平庸、粗俗、陳腐——這是阿斯特洛夫從一開始跟保姆聊天的時候就提出的：「再說了生活本身就是枯燥無味、無聊、一團糟……」

譯者必須要對這些調性保持敏感度，以確保關鍵字系統的架構：美好的、絕妙的、美妙的、美妙絕倫的、迷人的，注意這些關鍵字被安排在文本的什麼位置。劇中的每個角色都在追求美，期待它，然後失去它，而判斷每個角色的期待和失落，則是根據他們是如何憧憬它。順帶一提，這也意味著再也沒有好的人物或是壞的人物之分，也沒有重要的人物或是次要的人物：只需要接受保姆的角度，打開心胸去發現某種觀點的世界之美就已經足夠。因此契訶夫總是會注意將這個調性跟慾望、忌妒、對未來的盼望等等調性連結起來，也將劇本中其他偉大的調性，如過去的、失去的、消耗的時間之類串聯。譯者需要完成的，就是將這些訣竅提供給即將要在劇院演繹此劇的演員們。

每個新的譯本——都是十分冒險的事業，往往不論譯者意願，都會被擺放在與前輩成為競爭關係的位置。翻譯的歷史上有過許多重複，或是多次翻譯同一部原著的案例。

極有可能，每當著手處理那些已經被前輩推廣到接受者文化懷抱的作品，譯者都滿懷期待他的譯本不會遜色較早之前的譯本，或甚至希望自己的譯本能更優秀。新的譯本若與前一個譯本間隔很長一段時間，至少半個世紀，可能就有除了競爭以外的動機。

這也會討論到關於譯本「更新」的語言條件。據說，語言已經改變到令世人難以理解的程度，並且經常碰到「復古」的生硬晦澀。

出現的原因，應該主要是社會層面，而非語言層面。不得不顧及一個事實：人類社會的發展與變化大幅超前於使用的語言。不僅如此，社會生活可能會經歷顛覆性的改變，結果是道德價值的急遽變化，一種意識形態接替了另一種意識形態，這些變化可能會影響翻譯，和所有受影響的文學創作一樣，藝術全體亦無法自外。

譯者創造新的譯本，如同導演籌備名劇的新演出或是文學名著的新改編。新的譯本正如新的演出，從中感受到新的詮釋與新的表現形式。

人物關係圖

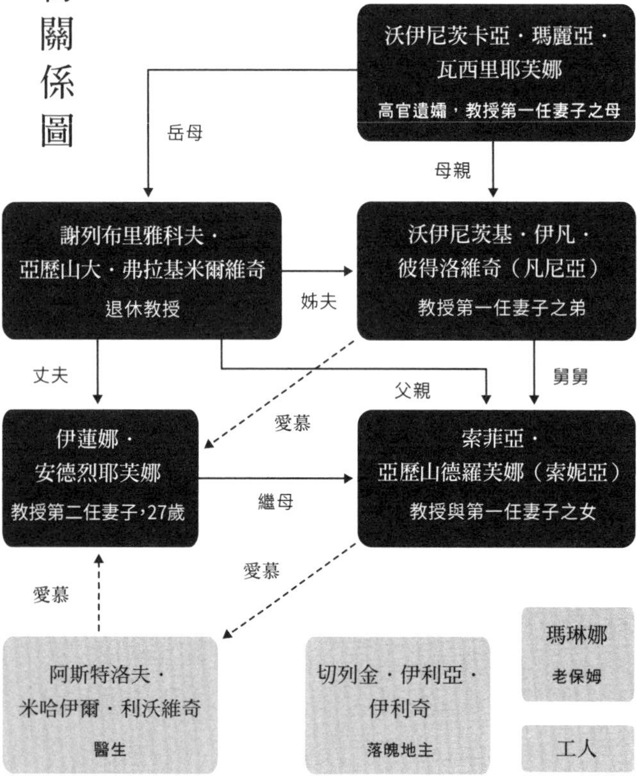

地點：故事發生於謝列布里雅科夫莊園

說明

俄羅斯人的姓名組成有三部分：姓＋名＋父稱（正式文件），一般稱呼排序常見名＋父稱＋姓。許多婦女結婚後姓氏從夫但不強制。俄文名詞／形容詞有陰性、陽性、中性，三種屬性，若再加上複數，則有四種變化。直觀的說女性名皆屬陰性、而男性名皆屬陽性，而姓與父稱則會跟著女性由陰性型態顯示，男性則由陽性型態顯示。以此劇來說直接可見的就是沃伊尼茨卡亞（女，陰性）的兒子伊凡的姓顯示為沃伊尼茨基。另外由於俄羅斯人非常重視親疏關係，親近的人之間一般來說互喚小名，如：索妮亞為索菲亞的小名、凡尼亞為伊凡的小名；阿斯特洛夫跟沃伊尼茨基是朋友，關係親近所以以小名凡尼亞稱呼，但是阿斯特洛夫跟索菲亞只能稱得上是熟識的人，因此不會以小名稱呼。父稱則是以父親的名為字根再由子女的性別來加上不同屬性的後綴，此部分由謝列布里雅科夫（姓）．亞歷山大（名）．佛拉基米爾維奇（父稱）為例，他女兒索妮亞的父稱就是亞歷山德羅芙娜，全名則為謝列布里雅科娃（姓）．索菲亞（名）．亞歷山德羅芙娜（父稱）。

第一幕

花園。看得見部分花園和房屋露台。老白楊樹下的林蔭小徑有張桌子，桌上已備好茶具。幾張園林長凳、椅子，其中一張園林長凳上放置著吉他。離桌不遠處有架鞦韆。午後三點。陰天。

瑪琳娜（體態圓潤、行動緩慢的老太太，坐在茶炊[1]旁織毛襪）和阿斯特洛夫（來回踱步）。

瑪琳娜：（倒茶）喝杯茶吧，親愛的。

阿斯特洛夫：（意興闌珊拿起杯子）我不太想喝。

瑪琳娜：或是喝點伏特加？

阿斯特洛夫：先不了。我也不是每天喝伏特加，而且天氣好悶。

停頓

親愛的保姆，我們認識了多久？

瑪琳娜：（思索片刻）多久？讓我想想……你到這裡、到這個莊園……是什麼時候？……那時候小索妮亞的媽媽，薇拉．彼得洛芙娜還活著。你是在她過世的兩個冬天前到我們這的吧……嗯，所以說，已經十一年囉。（想了想）也可能更久……

阿斯特洛夫：那之後到現在我變了很多嗎？

瑪琳娜：變得可多了。那時候你年輕又英俊，現在變老了，也不像以前那麼英俊。還有——你喝太多伏特加了。

阿斯特洛夫：也對……這十年來我已經變成另外一個人。至於原因？就是工作過勞，親愛的保姆。從早到晚腳步都不停歇，

1 俄羅斯茶文化的象徵。煮水器，容器中央有一根空心金屬管，用以放置燃料（煤炭、木炭、木材、松果等）以煮沸容器內的水，亦可將茶壺放置頂端煙囪上方，使茶水烹煮濃縮，再以茶炊中的沸水稀釋至個人口味。

每天不得安寧，甚至半夜躺上床仍要擔心被拖往病人那邊。這麼多年，從我們認識到現在，我從來沒有休息過，一天都沒有。怎麼可能不變老呢？再說了，生活本身就是枯燥無味、無聊、一團糟……我就這樣被生活吞噬。周遭只有怪人、全是怪人。持續跟他們生活個兩、三年就會慢慢失去自我，不知不覺，也變成怪人。避無可避的結局。（捋捋自己的長鬍鬚）唉啊，長了這麼大一叢鬍鬚……愚蠢的鬍鬚。我變成怪人了，親愛的保姆……傻是還不至於多傻，上帝仁慈，我的腦子還在，但就是不知為何情感麻木。我什麼都不想要、什麼都不需要，我誰也不愛……我大概只愛你。（親吻她的頭）小時候我也有一個跟你很像的保姆。

瑪琳娜：你想不想吃點東西？

阿斯特洛夫：不了，大齋節期[2]第三週，我因為瘟疫疫情去了一趟莫利茨科……那裡正流行斑疹傷寒[3]……小屋裡病患排排躺著……髒亂、惡臭、煙塵，小牛也躺在地板上，就在病患旁邊……豬仔也躺在那邊……整天我忙得焦頭爛額，馬不停蹄根本沒坐過，甚至忙到沒空吃喝，儘管回到家，也無法休息——他們抬進來一位鐵路扳道工[4]，我讓他攤放在桌面，準備幫他動手術，我才打完麻醉他就死了。這種不用感情的情況，情感居

2 從大齋首日至復活節止，為期四十天，以東正教舊曆運行，因此每年開始時間不盡相同。大齋節期一日一餐，皆為素食，禁酒，期以此克己。

3 此處指流行性斑疹傷寒，由蝨子為傳染媒介的一種急性傳染病，死亡率高達四成。

4 未自動化鐵路時代，鐵軌的分岔道皆以人工操控，扳道員必須確認好路線再將對應軌道調整至相應進車的軌道，並負責顯示軌道開通的信號。

然甦醒回到我身上，掐住我的良心，彷彿我故意殺了他……我坐下、閉眼——就像這樣，然後想像，那些在我們身後、在未來一兩百年之後活著的人，以及因我們開創前路而獲得恩惠的那些人，會心懷感恩記得我們、說我們的好話嗎？親愛的保姆，他們不會記得！

瑪琳娜：那些人不記得沒關係啊，上帝會記得。

阿斯特洛夫：喔謝謝，你說得真好。

沃伊尼茨基進來。

沃伊尼茨基：（從屋裡走出來。早餐後睡了回籠覺的他看起來無精打采，坐到長凳上，整理他那漂亮講究的領帶）是啊……

停頓

是啊……

阿斯特洛夫：睡得還好嗎？

沃伊尼茨基：嗯……很好（打呵欠）。自從教授夫婦住進這邊，生活就偏離軌道一切亂七八糟……作息大亂，沒辦法按照時間睡覺，早、午餐吃不同的喀布爾抓飯[5]，喝紅酒……這一切太不健康！他們還沒來這邊那時候，我跟索妮亞可是不停工作從來沒有一分鐘清閒——這是我的榮幸，可是現在只有索妮亞單獨一個人工作，而我卻只剩睡覺、吃飯、喝酒……有夠糟糕！

5　阿富汗節日、慶典時不可缺少的菜餚，主要流行於中亞國家，通常以蒸米飯加葡萄乾、紅蘿蔔、羊或牛肉。

瑪琳娜：（搖頭）太不像話了！教授睡到正午十二點才要起床，茶炊可是從大清早就開始燒水，大家都在等他。以前他們不在我們都是中午一點吃午餐，跟其他地方正常作息的人一樣；跟他們一起，就得等到晚上七點才能吃午餐。常常都到了三更半夜教授才在讀書跟寫作，然後半夜兩點突然搖鈴喊人……我就問他：「是怎麼了啊，親愛的？」教授回說：「我要茶！」就這樣大家都被他叫起來，只為了幫他生茶炊煮茶……真是太不像話了！

阿斯特洛夫：他們會在此久住嗎？

沃伊尼茨基：（吹口哨）一百年吧。教授已經決定要在這邊定居。

瑪琳娜：你看就像現在這樣。茶炊已經在桌上燒了兩個小時了，可是他們去散步。

沃伊尼茨基：他們來了，他們來了……不要擔心。

聽到人聲。自花園遠處散步回來的有謝列布里雅科夫、伊蓮娜·安德烈耶芙娜、索妮亞和切列金。

謝列布里雅科夫：太美好了，太美好了……絕妙的景色啊。

切列金：美妙絕倫的景色啊，教授閣下。

索妮亞：明天我們去林業區吧，爸爸。你想去嗎？

沃伊尼茨基：各位，喝口茶！

謝列布里雅科夫：我的朋友們，麻煩替我將茶送至書房。今日我還有些事待辦。

索妮亞：你一定會喜歡那個林業區的……

伊蓮娜．安德烈耶芙娜、謝列布里雅科夫和索妮亞走進屋子；切列金靠近桌邊在瑪琳娜旁邊坐下。

沃伊尼茨基：天氣又悶又熱，不過我們偉大崇高的學者仍穿大衣著鞋套，撐著傘甚至戴手套。

阿斯特洛夫：他那是保重自己。

沃伊尼茨基：看她是多麼的美好！多麼的美好！有生以來我還沒看過比她更美麗的女人。

切列金：不管我啊是騎馬穿越田野，瑪琳娜．季莫費耶芙娜，還是散步在綠蔭花園裡，又或者只是看著眼前這張桌子，我呢都感到莫名無比的幸福！迷人的天氣，鳥兒高歌，我們活在和平而且和諧的世界……還能對生活要求什麼呢？（端起茶杯）我啊由衷的感謝您！

沃伊尼茨基：（呢喃）眼睛……美妙的女人！

阿斯特洛夫：來跟我們分享點什麼吧，伊凡．彼得洛維奇。

沃伊尼茨基：（無精打采）哪有什麼好跟你說的？

阿斯特洛夫：沒什麼新聞或是新鮮事嗎？

沃伊尼茨基：什麼都沒有，一切老樣子。我也是老樣子，如果有，也就是變得更糟，越來越懶，除了抱怨什麼都沒做，像個糟老頭。我的老寒鴉，maman[6]成天到晚對婦女解放議題喋喋不休沒完沒了；明明一隻眼睛已經看進墳墓堆了，另一隻眼睛卻

6 意指媽媽，此處為法文maman，時值俄羅斯上流社會崇尚法語。

還陷在那些充滿智慧的書堆裡找尋新生活的曙光。

阿斯特洛夫：教授呢？

沃伊尼茨基：教授依然從早到晚都獨自一人坐在書房不停的寫。「綳緊心弦／眉頭深鎖／我們寫下所有的頌歌／持續的寫／可是無論我們自己或其他人都沒有在任何地方聽到」[7]。倒楣的紙！他怎麼不乾脆寫自傳。那是個多麼棒的故事情節！退休教授，你懂嗎，像過期的麵包乾、讀過書的鹹魚，痛風、風濕、偏頭痛、忌妒怨懟和不滿足引發的肝腫大……這條鹹魚住在自己第一任妻子的莊園裡，還住得不情不願，只因住在城市裡他負擔不起開銷。整天抱怨自己有多不幸，雖然明明他應該異常快樂。（激動的）你只要想想看，他有多幸運啊！不過是個普通低階神職人員的兒子，布爾薩人[8]，高攀了學位和大學教職，變成教授大人，然後又成為政府高官的女婿，接著再成了什麼又什麼的。不過這些都不重要。你光拿這點來說，一個人整整二十五年，閱讀、著作都與藝術相關，卻幾乎可以說對藝術一竅不通。二十五年來高談現實主義、自然主義跟其他有的沒的一堆廢話，都在拾人牙慧；二十五年來讀的寫的皆是聰明人早就已經比比皆知，而未受教育的蠢笨者卻不感興趣的內容。也就是說，二十五年來他一事無成。但於此同時他居然還如此自我感覺良好！到底裝什麼裝！他已經退休，卻沒有任何一個活

7 節錄自〈Чужой толк〉，為俄羅斯政治家與詩人德米特里耶夫（Дмитриев Иван Иванович,1760-1837）所作。

8 位於土耳其西北部，為第四大城，曾為鄂圖曼帝國首都（1326-1365）。

人知道他，是個徹底名不見經傳的無名氏；也就是說，二十五年來他霸占了別人的位置。你再看看，他走路那個模樣還以為自己即將得道成佛！

阿斯特洛夫：嗯，你，好像，有點羨慕又忌妒。

沃伊尼茨基：對，我羨慕忌妒恨！憑什麼他在女人方面那麼成功！沒有任何一個唐璜[9]能夠如此大獲全勝！他的第一任妻子，我的姊姊，完美、溫柔、純潔得像這片藍天，高貴、大方，擁有的仰慕者比他的學生還多——她愛上他，就像是只有純潔的天使才能夠愛上跟他們一樣純潔又美好的人似的。我的媽媽，他的岳母，直到現在依然愛戴他，帶著對神祇般的敬畏崇拜他。他的第二任妻子，是個大美女，也是個聰明人——你剛才看到她了——下嫁的時候他已經老了，卻為他奉獻青春、美貌、自由、自身的榮耀。圖的是什麼？為什麼？

阿斯特洛夫：她對教授忠誠嗎？

沃伊尼茨基：很遺憾，是的。

阿斯特洛夫：為什麼說很遺憾？

沃伊尼茨基：因為這忠誠自頭至尾根本虛偽。這虛偽構造中充滿花言巧語，不存在邏輯。換掉一個令人無法忍受的老丈夫——這不道德；試圖葬送自己那可憐的青春跟蓬勃的感情——卻不是不道德。

切列金：（哭腔）凡尼亞，我啊不喜歡你說這些話的時候。嗯，

9 情聖的代名詞。西班牙家傳戶曉的傳說人物，以英俊瀟灑與風流著稱，周旋於貴族婦女之間。先後有莫里哀、拜倫、蕭伯納、莫札特等以其用於文學與音樂創作素材。

這個，對啦……那些換掉妻子或丈夫的人，嗯，也就是說，那些不忠誠的人，那些人啊或許也會更換父稱[10]！

沃伊尼茨基：（惱火的）停止高談闊論，華夫[11]！

切列金：讓我講啦，凡尼亞。我的太太婚禮隔天就跟她情人跑了，正因為我沒有魅力又不討人喜歡的長相。可是在那之後我啊沒有背棄誓言喔。直到現在還是愛著她而且還對她保持忠誠，盡我所能地幫助她，還花光了所有的財產積蓄教養她跟情人生的孩子。我啊雖然失去幸福，可是卻保有驕傲。可是她還有什麼呢？青春流逝了、美貌在大自然法則下失去色彩了、情人也死掉了……她又剩下了什麼呢？

索妮亞和伊蓮娜．安德烈耶芙娜走進來。過了一會兒瑪麗亞．

瓦西里耶芙娜拿著一本書走進來。她坐下看書。他們給她一杯茶，她看都沒看接了就喝。

索妮亞：（急急忙忙找保姆）那個，保姆奶奶，幾個佃農來了。你去跟他們談談好嗎，茶我自己來就可以……（倒茶）

保姆離開。伊蓮娜．安德烈耶芙娜端著自己的茶杯喝著，坐上鞦韆。

10 俄羅斯人名字由父稱、名、姓組成。由於古代沒有姓氏，名字又大同小異，因此在父親名字加後綴用以辨識是哪家的孩子。男子常見維奇、依奇，女子則以芙娜最常見。

11 比喻為華夫餅（鬆餅），切列金由於凹凸不平的面頰而得此稱呼。

阿斯特洛夫：（對著伊蓮娜．安德烈耶芙娜）我畢竟是為您先生而來，您來信說他病得嚴重，但事實證明他健康得很。

伊蓮娜．安德烈耶芙娜：昨晚他鬱悶難受，一直抱怨腿疼，可是今天又說沒事了……

阿斯特洛夫：我可是拚了命快馬奔馳三十哩趕來。唉，算了、沒關係，這也非第一次。不過我得在你們這兒待到明天，好好補眠，至少讓我睡到 quantum satis[12]。

索妮亞：太棒了。很難得您在我們這裡過夜。恐怕您還沒吃午餐吧？

阿斯特洛夫：正是，女士，我還沒吃午餐。

索妮亞：那正好在這跟我們一起午餐。我們現在都是七點吃午餐。（喝茶）這茶是冷的！

切列金：茶炊裡的溫度降低很多。

伊蓮娜．安德烈耶芙娜：沒關係，伊凡．伊凡尼奇，我們就喝冷的。

切列金：錯了，女士……不是伊凡．伊凡尼奇，是伊利亞．伊利奇，女士……伊利亞．伊利奇．切列金，也可以像，像有些人因為我坑坑疤疤的臉稱呼我——華夫。我啊是小索妮亞的教父[13]，而教授閣下，您的丈夫，跟我也很熟。我啊現在跟您們住在一起，女士，在這座莊園，女士……如果您願意注意，我

12 此處維持原文使用拉丁文，意為足夠的量。

13 東正教受洗禮時，受洗者的男性見證人稱為教父，視作一種榮譽。

啊可是每天都跟您們一起用餐。

索妮亞：伊利亞．伊利奇——我們的幫手，最重要的幫手。（溫柔的）來吧，親愛的教父，我再為您倒點茶。

瑪麗亞．瓦西里耶芙娜：哎唷喂呀！

索妮亞：外婆，您怎麼了？

瑪麗亞．瓦西里耶芙娜：我忘了告訴亞歷山大……真是失憶症……我今天收到帕維爾．亞列克謝耶維奇從哈爾可夫[14]寄來的信……寄來了他新的宣傳本。

阿斯特洛夫：有趣嗎？

瑪麗亞．瓦西里耶芙娜：有趣，可是有點奇怪。他居然反駁自己七年前捍衛的觀點。這有點恐怖！

沃伊尼茨基：沒什麼好恐怖。喝您的茶吧，maman。

瑪麗亞．瓦西里耶芙娜：可是我想要說話！

沃伊尼茨基：可是五十年來我們已經說了又說，也讀了宣傳本。是時候結束了吧。

瑪麗亞．瓦西里耶芙娜：出於某種原因，你不喜歡聽我說話。抱歉，尚[15]，但最近這一年你變了很多，我簡直快要不認識你……你曾經是個有堅定信念又光明磊落的人……

沃伊尼茨基：喔是啊！我曾經光明磊落但卻不曾照亮過任何人……

停頓

14 烏克蘭第二大城市和自治市，位於烏克蘭東部，於十九世紀末發展為烏克蘭的文化中心。

15 此處原文引用法文 Jean，為法國男孩常用名。

我曾經光明磊落……沒有比這更惡毒的玩笑！現在我四十七歲。直到去年我都還跟您一樣，故意試圖用您這種經院哲學蒙蔽自己的雙眼，避免面對真實的生活——曾經我還以為，我做得很好。可是現在，如果您知道！我一晚又一晚氣得睡不著覺，出於悔恨，我以前居然如此愚蠢的虛度光陰，在那些被虛度的時光裡我本來也是可能擁有一切，如今的我卻因為年華老去而被拒於擁有一切的可能性之外。

索妮亞：凡尼亞舅舅，太苦悶了！

瑪麗亞．瓦西里耶芙娜：（對著兒子）你似乎在怪罪自己以前的那些信念……可是錯不在那些信念，而是你自己。你忘了，信念本身什麼都不是，是死的文字……需要的是行動。

沃伊尼茨基：行動？不是所有人都有天分成為寫作 perpetuum

mobile[16]，像您崇高的教授先生[17]。

瑪麗亞．瓦西里耶芙娜：你想對此表達什麼？

索妮亞：（懇求）外婆！凡尼亞舅舅！我拜託你們！

沃伊尼茨基：我閉嘴。閉嘴並且道歉。

伊蓮娜．安德烈耶芙娜：今天天氣真好……不熱……

停頓

沃伊尼茨基：這種天氣最適合上吊……

切列金為吉他調音。瑪琳娜在房子周圍走來走去呼喚雞群。

16 此處按原文保留拉丁文，意指永動機。指不需外界輸入能源、能量，或在僅有一個熱源的條件下就能夠不斷運作的機械設備。

17 Herr。凡尼亞引用德式尊稱實為諷刺。

瑪琳娜：小雞……小雞……小雞……

索妮亞：保姆奶奶，那幾個佃農來幹嘛？

瑪琳娜：又是同樣的事啦，不就是那些荒地。小雞……小雞

啊……小雞……

索妮亞：你在叫哪一隻？

瑪琳娜：小花花雞帶著一群小雞跑啦……那些烏鴉是不會放過

他們的……（離開）

切列金彈奏《波爾卡舞曲》[18]。大家都安靜聆聽。一位工人走

進來。

工人：醫生先生在這裡嗎？（對著阿斯特洛夫）麻煩了，米哈伊

爾．利沃維奇，有人來找您。

阿斯特洛夫：從哪裡來的？

工人：工廠。

阿斯特洛夫：（苦惱）多謝。那好吧，我得走了……（四處張望尋找帽子）真他媽的煩人……

索妮亞：的確煩人，真的是……那您從工廠出來再過來吃午餐吧。

阿斯特洛夫：不了，到時候就太晚了。在哪裡……去哪裡了……（對著工人）那這樣吧，先給我來一杯我最親愛的伏特加。（工人離開）在哪裡……去哪裡了……（找到帽子）在奧斯特洛夫斯

18 捷克的民間音樂，源於十九世紀中期波西米亞地區，節奏快速、活潑。

基[19]某部戲中有個人鬍子多、能力少……那就是我。哎，我很榮幸，各位……（對著伊蓮娜．安德烈耶芙娜）如果哪天您願意賞光，和索菲亞．亞歷山德羅芙娜一起來找我，我將由衷歡喜。我有座小莊園，共三十英畝，如果您感興趣，還有座模範花園和苗圃，附近一千哩內都看不到類似的。緊鄰我的莊園旁是國家林業區……那裡的護林員年紀大了，常生病痛，因此實際上都是我照顧一切相關林務。

伊蓮娜．安德烈耶芙娜：有人跟我提過，您很喜歡森林。的確，森林能帶來的益處極大，不過難道這些不會影響您的正職嗎？畢竟您是醫生。

阿斯特洛夫：只有上帝知道，什麼才是我們真正的使命。

伊蓮娜．安德烈耶芙娜：森林的事情有趣嗎？

阿斯特洛夫：是啊，森林事可有趣了。

沃伊尼茨基：（諷刺的）超級有趣的喲！

伊蓮娜．安德烈耶芙娜：（對著阿斯特洛夫）您還是個年輕人，看起來……嗯，不過三十六、三十七歲……而且，森林應該也不像您說的這麼有趣。所有的森林、森林，我覺得，都一樣。

索妮亞：不一樣，這非常好玩。米哈伊爾．利沃維奇每年都會培育新的林園，他甚至獲頒了銅牌和獎狀。他忙碌奔走竭力爭取不讓老森林被消滅。如果您仔細聽完他說的話，您將會完全同意。他說：「森林點綴大地，並教會人懂得美麗事物，啟發

19 奧斯特洛夫斯基．亞歷山大．尼古拉耶維奇（Островский Александр Николаевич），俄羅斯劇作家，俄羅斯現代劇院創建者。

崇高情懷。森林和緩了嚴峻氣候；位於氣候溫和地區的國家，人們耗費較少精力抗爭大自然，那裡的人個性較溫和，也較溫柔。那裡的人美麗、靈活、容易受感動，他們的語言優美、動作優雅。他們有高度發展的科學和藝術、他們的哲學不暗黑、對女人的態度全然優雅高尚。」

沃伊尼茨基：（笑）說得好極了，安可！[20]……說得是動人心弦，但是沒什麼說服力，所以（對著阿斯特洛夫）請允許我，我的朋友，繼續用木柴燒爐火、以木頭建棚屋。

阿斯特洛夫：你可以用泥炭燒爐火、用石頭建棚屋。其實呢，我認同在必要的需求範圍內砍伐森林，但是為什麼要將它們摧毀殆盡呢？俄羅斯的森林在斧頭摧折下劈啪作響，數十億樹木被毀，飛禽走獸流離失所，河流乾枯，絕妙風景即將永遠消逝，而這一切都起因於懶惰的人類沒有足夠意識：只需彎下腰就能從地上撿起燃料。（對著伊蓮娜．安德烈耶芙娜）難道不是嗎，夫人？魯莽未開化的野蠻人才會在自己的爐子裡焚燒這些美麗的東西，毀滅這些我們無法創造的東西。人類被賦予智慧和創造力，是為了在上帝給予的東西之外，能夠增加更多的東西，但目前為止，人類沒有創造，只有破壞。森林數量越來越少，河流枯竭，獵物絕跡，氣候被破壞，土地一天比一天更貧瘠、更醜陋。（朝向沃伊尼茨基）看，你以嘲諷眼神盯著我，認為我說的那些話都無關緊要，好吧……或許，確實是怪癖，但是每

20 原文 Браво 音譯自義大利文 Bravo。音樂會中，某首曲子結束，或是音樂會整場結束時會聽到的喝采聲。

次經過那些被我從砍伐中拯救的農業林，或者當我聽到自己親手栽種的年輕森林正呼嘯，我會意識到，氣候或多或少在我的掌握之中；如果幾千年後人類是幸福的，那麼或多或少我也負了些責任……當我種下一棵小白樺樹，看著它之後如何變綠、隨風搖擺，我的內心充滿驕傲，然後我就……（看見工人端來的托盤上面放了一杯伏特加）然而……（喝酒）我該走了。剛才說的那些，或許，歸根結柢就是怪癖。我先告辭了！（走向房屋）

索妮亞：（挽起他的手一起走）您什麼時候會再來我們這？

阿斯特洛夫：我不知道……

索妮亞：又是一個月之後嗎？

阿斯特洛夫跟索妮亞進屋。瑪麗亞．瓦西里耶芙娜和切列金留在桌邊。伊蓮娜．安德烈耶芙娜和沃伊尼茨基走往露台。

伊蓮娜．安德烈耶芙娜：而您，伊凡．彼得洛維奇，又表現得不可思議了呢。您有必要講出perpetuum mobile激怒瑪麗亞．瓦西里耶芙娜嗎！加上今天早餐時您又跟亞歷山大吵起來。多麼鳥肚雞腸的小心眼！

沃伊尼茨基：可是如果我就是討厭他呢！

伊蓮娜．安德烈耶芙娜：您討厭亞歷山大毫無理由。他就像所有其他人，他也沒有比您更差勁！

沃伊尼茨基：如果您能看見自己的臉、自己的行為舉止……您活得這麼怠惰！哦，這麼怠惰！

伊蓮娜．安德烈耶芙娜：哦，懶散又苦悶！大家都譴責我的丈夫，大家都用同情眼光看我：看啊多麼不幸，她有個老丈夫！

這些對我的同情——喔，我再清楚不過！就像剛剛阿斯特洛夫說的：「你們肆無忌憚的破壞森林，不久後地球上就會什麼都不剩。」你們也是如此肆無忌憚的摧毀人類，多虧了你們，不久後地球上將不存在忠誠、純潔，以及犧牲自我的能力。為什麼你們不能淡然地看待一位女人，如果她並不屬於你們？因為，——這位醫生是對的——你們心中都藏著毀滅的魔鬼。無論是森林、鳥兒、女人，甚至彼此之間，你們從未感到惋惜。

沃伊尼茨基：我不喜歡這種哲學理論。

停頓

伊蓮娜・安德烈耶芙娜：這位醫生滿臉疲倦、緊張。有趣的臉。索妮亞，顯然喜歡他，她愛上他了，這我懂她。我住在這裡期間他已經拜訪過三次，可是我害羞所以從來沒有好好跟他交談過，對他不親切。他以為，我是壞女人。看來啊，伊凡．彼得洛維奇，我們是這樣的朋友，我們都是枯燥又無趣的人！枯燥！少這樣看我，我不喜歡。

沃伊尼茨基：難道我能用別種方式看您嗎，如果我愛您？您是我的幸福、我的生命、我的青春！我知道，我得到回應的機會很渺小，可是我什麼都不需要，請允許我只是看著您，聽您的聲音……

伊蓮娜．安德烈耶芙娜：小聲一點，其他人可能會聽見您說的話！

他們走向屋子。

沃伊尼茨基：（緊隨她身後）請允許我訴說自己的愛意，不要趕我走，對我來說只有這件事是最大幸福……

伊蓮娜．安德烈耶芙娜：這真是折磨……

他們兩人走進屋子。

切列金拍弦演奏《波爾卡舞曲》。瑪麗亞．瓦西里耶芙娜在宣傳本的邊頁上做著筆記。

幕下

第二幕

謝列布里雅科夫家的餐廳。深夜。聽得見類似巡邏員在花園裡敲打著什麼。謝列布里雅科夫（坐在敞開窗旁的搖椅打瞌睡）和伊蓮娜．安德烈耶芙娜（與他緊鄰而坐也在打瞌睡）。

謝列布里雅科夫：（驚醒）是誰在那裡？索妮亞，是你嗎？

伊蓮娜．安德烈耶芙娜：是我。

謝列布里雅科夫：是你啊，小蓮娜……我痛得難受！

伊蓮娜．安德烈耶芙娜：你的毯子掉到地上了。（裹住他的雙腿）亞歷山大，我去關窗。

謝列布里雅科夫：別關，我覺得悶……剛小睡了一下，夢裡我的左腿好像不是我的了。我從劇痛中醒來。不，我覺得這不是痛風，十之八九是風濕。現在幾點？

伊蓮娜・安德烈耶芙娜：十二點二十分。

謝列布里雅科夫：今早去圖書館找找巴丘什科夫[1]的著作。印象中，我們應該有他的作品。

伊蓮娜・安德烈耶芙娜：什麼？

謝列布里雅科夫：早上去找找巴丘什科夫的著作。我記得，以前我們有他的著作。欸為什麼我覺得喘不過氣？

伊蓮娜・安德烈耶芙娜：你累了。你連續兩晚沒睡。

謝列布里雅科夫：聽說，屠格涅夫從痛風演變成心絞痛。我擔心我也會一樣。萬惡的、令人厭惡的老年。真該死！從開始衰

1 Батюшков Константин Николаевич（1787-1855），浪漫主義時代的俄羅斯詩人、散文家、翻譯家。

老，我就變得討厭自己。也因此你們所有人都應該討厭看到我。

伊蓮娜．安德烈耶芙娜：你用這種口氣說自己的年老，好像你老去是我們所有人的錯。

謝列布里雅科夫：你應該就是最討厭我的第一人。

伊蓮娜．安德烈耶芙娜退開幾步，坐得遠一些。

謝列布里雅科夫：當然，你是對的。我不傻而且我都明白。你年輕、健康、漂亮、有求生慾，而我是個老頭，差不多也快死了。怎麼？難道我沒有認知嗎？當然，截至目前我還活著是件蠢事。但別急，很快我就會讓你們自由。我拖不了多少時間了。

伊蓮娜．安德烈耶芙娜：我夠累了……老天，閉嘴吧。

謝列布里雅科夫：這麼說來，多虧我令大家精疲力盡、苦悶、葬送青春，只有我一個人獨享生活、感到滿足。的確，如此。

伊蓮娜・安德烈耶芙娜：閉嘴！你讓我厭煩！

謝列布里雅科夫：我讓所有人都厭煩。當然。

伊蓮娜・安德烈耶芙娜：（含淚）我受不了了！說吧，你究竟要我怎樣？

謝列布里雅科夫：不怎樣。

伊蓮娜・安德烈耶芙娜：欸，那就閉嘴吧。我求你。

謝列布里雅科夫：真奇怪，無論是伊凡・彼得洛維奇或是那個老蠢貨，瑪麗亞・瓦西里耶芙娜，講起話來——一切天下太平，大家都聽著，可是哪怕我只說了一個字，大家就開始覺得不幸。甚至連我的聲音都被討厭。好，算我討人厭、我自私自利、我專制獨行，但難道已至老年的我甚至一點自私的權利都沒有？難道我不配？我就問，難道我沒有權利安享晚年？沒有權利得到人們的尊敬？

伊蓮娜·安德烈耶芙娜：沒有人跟你爭辯你的權利。

窗戶被風吹得砰砰響。

起風了，我去關窗。（關窗）快下雨了。沒有人對你的權利有意見。

停頓。巡邏員在花園繼續敲打發出聲響並唱歌。

謝列布里雅科夫：我一生致力於學術，習慣自己的辦公室、大學講堂，周遭圍繞受人敬重的同事——突然，不明不白，毫無知覺地陷入這座墳墓，日日看著那些愚蠢之人、聽著毫無意義的對話……我要生活、我愛成功、愛名聲、熱鬧，而這裡——簡直是流放。分分鐘都在緬懷過去、關注他人成功、害怕死亡……我沒辦法！我無能為力！而他們竟不願意諒解我的年老！

伊蓮娜·安德烈耶芙娜：你再等等，有點耐心。過個五、六年我也會變老。

索妮亞進來。

索妮亞：爸爸，你吩咐派人請來阿斯特洛夫醫生，可是當他抵達，你竟拒絕見他。這真的很無禮。平白無故麻煩人家……

謝列布里雅科夫：我要你那位阿斯特洛夫做什麼？他對醫學了解的程度，就跟我對天文學了解的程度差不多。

索妮亞：不可能讓整個醫學系來這裡幫你的痛風開處方箋吧。

謝列布里雅科夫：我不想跟那個土包子說話。

索妮亞：隨便你。（坐下）我無所謂。

謝列布里雅科夫：現在幾點？

伊蓮娜．安德烈耶芙娜：一點。

謝列布里雅科夫：空氣好悶……索妮亞，給我桌上那瓶藥水！

索妮亞：來了。（遞藥水）

謝列布里雅科夫：（氣憤）欸，不是這瓶！我無法要求你做任何事！

索妮亞：請別鬧脾氣。有些人或許喜歡，但不包含我，拜託！我不喜歡你這樣鬧脾氣。我也沒有那個時間，明天一大早我就得起床，我要割草。

沃伊尼茨基穿睡袍、端著蠟燭走進來。

沃伊尼茨基：一場風暴正在聚集。

閃電。

就是這樣！Hélène[2]跟索妮亞，你們去睡覺，我來交接。

謝列布里雅科夫：（驚嚇）不要，不要！不要留下我跟他一起！不要。他嘮叨得要我的命！

沃伊尼茨基：應該讓他們去休息！他們已經連續兩晚沒睡。

謝列布里雅科夫：讓他們去睡覺，然後你也走開。我感謝你。拜託你了。以我們過往友誼的名義，不要反對。有什麼事我們

2 意為伊蓮娜，原文為法文Hélène，因為法文H不發音所以唸起來同俄文伊蓮娜。

之後再談。

沃伊尼茨基：（冷笑）以我們過去的友誼……過去的……

索妮亞：別說了，凡尼亞舅舅。

謝列布里雅科夫：（對妻子）親愛的，別丟下我跟他一起！他嘮叨得要我的命。

沃伊尼茨基：甚至越說越荒謬。

瑪琳娜端著蠟燭走進來。

索妮亞：你該去睡了，保姆奶奶。已經很晚了。

瑪琳娜：但是茶炊還在桌子上沒整理呢。你怎麼還不去睡覺？

謝列布里雅科夫：大家都沒睡覺，都筋疲力盡，只有我獨自享福。

瑪琳娜：（走向謝列布里雅科夫，溫柔的）親愛的，這是怎麼了？不舒服嗎？我的腿也在痛，一直一直痛呢。（蓋好毯子）這你是老毛病了。小索妮亞的媽媽，已經過世的薇拉．彼得洛芙娜，她以前也常常整晚整晚沒睡覺，她就是不顧一切……她是那麼那麼愛你……

停頓

老人家跟小孩子都一樣想要被人疼惜，可是沒有人想疼愛老人。（親吻謝列布里雅科夫的肩）我們走吧，親愛的，來睡覺……來我們走，親愛的……我幫你去沖些熱椴樹茶[3]，再幫你暖暖

3 俄羅斯民間療法相信椴樹茶有安神、暖身、抗發炎的功效。

腿……然後替你向上帝祈禱……

謝列布里雅科夫：（感動）我們走吧，瑪琳娜。

瑪琳娜：我的腿啊也在痛，一直痛一直痛！（帶著他與索妮亞）薇拉．彼得洛芙娜，以前老是擔心得要命，她老是哭……小索妮亞，那個時候你啊年紀還小，不懂事……走吧，走吧，親愛的……

謝列布里雅科夫、索妮亞和瑪琳娜離開。

伊蓮娜．安德烈耶芙娜：我快被他折磨死了。雙腿勉強能站。

沃伊尼茨基：您是被他折磨，我是被自己折磨。已經是第三個晚上我沒睡覺了。

伊蓮娜．安德烈耶芙娜：這個家諸事不順。您的母親除了她那冊宣傳本和教授之外，憎恨一切；教授焦躁，不信任我；索妮亞對她的父親生氣也生我的氣，已經連著兩個禮拜不跟我說話；您討厭我的丈夫還公開輕視自己的母親；我總是惱怒，今天差點被氣哭將近二十次……這個家諸事不順。

沃伊尼茨基：我們停止哲學理論！

伊蓮娜．安德烈耶芙娜：您，伊凡．彼得洛維奇，受過教育而且聰明，您應該明白，世界正在毀滅，不為盜匪，不為火災，而是仇恨和紛爭，因為所有雞毛蒜皮的口角……您的當務之急不是怨天尤人，是讓大家和解。

沃伊尼茨基：首先我得跟自己和解！親愛的……（撫上她的手）

伊蓮娜．安德烈耶芙娜：放手！（抽手）走開！

沃伊尼茨基：要下雨了，大自然的萬事萬物都將煥然一新得到喘息。然而暴風雨唯獨無法讓我煥然一新。我浪費的生命一去不返，這個念頭日日夜夜就像惡魔讓我窒息。我沒有過去，過去的時光都被無知的耗盡在無關緊要的小事中，現在則由於各種荒唐行為顯得可怕。您就是我的生命也是我的愛；我該如何安置它們，我該拿它們怎麼辦？我的感情兀自消逝，就像陽光落入深淵，而我也將毀滅。

伊蓮娜．安德烈耶芙娜：您對我訴說愛意的時候，毫無原因我變得遲鈍也不知道如何回應。（想走）晚安。

沃伊尼茨基：（擋住她的路）如果您知道我是何等痛苦，每當想起我的身邊，這棟房子裡面，有另一個人的人生正被葬送——是您的人生！您還在等待什麼？是什麼該死的哲學理論影響了您？您要了解我的意思……您要了解……

伊蓮娜．安德烈耶芙娜：（直視他）伊凡．彼得洛維奇，您醉了！

沃伊尼茨基：也或許，有可能……

伊蓮娜．安德烈耶芙娜：醫生在哪？

沃伊尼茨基：他在那……在我那過夜。也或許，有可能……什麼都有可能啊！

伊蓮娜．安德烈耶芙娜：所以您今天也喝酒了？為了什麼？

沃伊尼茨基：至少看起來像是在過生活……別阻止我喝酒，Hélène！

伊蓮娜．安德烈耶芙娜：您以前從來不喝酒，也沒有這麼多話說……去睡吧？我對您開始厭煩。

沃伊尼茨基：（握緊她的手）親愛的……我的美人！

伊蓮娜・安德烈耶芙娜：（惱怒）放開我。這，簡直，令人厭惡。

（離開）

沃伊尼茨基：（一個人）她走了……

停頓

十年前我在已過世姊姊的家裡常遇到她。那時候她十七歲，我三十七歲。為什麼我當時沒有愛上她沒有跟她求婚呢？畢竟曾經充滿可能！如果當初做了她現在就是我老婆了……是啊……如今我們就會一起從暴風雨中醒來。她害怕打雷，而我會把她守護在自己懷裡輕聲說：「別怕，我在。」哦，奇妙的念頭，多麼美好，我甚至笑了……可是，我的天，我的腦袋裡思緒混亂……為什麼我老了？為什麼她不懂我？她華麗的詞藻，懶惰的道德，無稽之談，關於世界末日的怠惰思想——一切都讓我深惡痛絕。

停頓

噢，看我是如何被欺騙！我崇拜過這位教授，我為了他像牛一樣拚命不停工作！我和索妮亞榨乾了這座莊園最後一滴汁液；我們，就像是富農[4]，販售植物油、豌豆、奶渣[5]，我們自己一點都沒吃到，就為了把那一分一毫集結成千元大鈔再寄給他。我為他跟他的學術感到如此驕傲，我活著，我呼吸都是為了他！

4　俄羅斯帝國後期至蘇聯初期，相對富裕的農民階級，但本劇中凡尼亞一家人是地主階級，此為凡尼亞諷刺自己雖然是地主卻更像農民。

5　將牛奶中的乳清分離後，提煉出的白色渣狀物，屬於起司的一種。

所有他寫過和說過的，我曾經以為才華之洋溢……上帝啊，可是現在？看，他退休了，以致如今可以看見他一輩子的總結：死後他不會留下任何作品，他徹徹底底是個無名小卒，他微不足道他什麼都不是！肥皂泡沫一樣的泡影假象！我就這樣被騙……——我看得出來——傻傻被騙……

阿斯特洛夫進來，他穿著長外衣，沒有穿背心也沒有繫領帶[6]，他帶著幾分醉意。跟在他身後的切列金帶著一把吉他。

阿斯特洛夫：彈吧！

切列金：大家都睡覺了啦你！

阿斯特洛夫：彈！

切列金輕輕的彈奏。

（對著沃伊尼茨基）只有你一個人在這？女士們都不在嗎？（挺胸插腰，輕聲唱）「來我家逛逛，來我的爐灶逛逛，主人卻沒地方可以躺……」[7]我被暴風雨吵醒。好大一陣雨。現在幾點了？

沃伊尼茨基：鬼才知道。

阿斯特洛夫：我似乎聽到伊蓮娜．安德烈耶芙娜的聲音。

沃伊尼茨基：她剛剛還在這裡。

阿斯特洛夫：絕色佳人。（檢查桌上的瓶瓶罐罐）都是藥。這裡

6 長外衣是十九世紀中期至二十世紀初期流行的男士禮服，正式長外衣為黑色，需要搭配襯衫、馬甲、褲子、領帶。此處意指阿斯特洛夫喝酒後衣衫不整。

7 古俄羅斯的地方諺語，表示熱情好客。

有太多處方箋！哈爾科夫的、莫斯科的、圖拉的……所有的城市都受夠了他的痛風。他是真的有病還是裝病？

沃伊尼茨基：他真的有病。

停頓

阿斯特洛夫：你今天為何如此憂鬱？同情教授，還是怎樣？

沃伊尼茨基：少管我。

阿斯特洛夫：還是因為，大概是愛上了教授的太太？

沃伊尼茨基：她是我的朋友。

阿斯特洛夫：已經嗎？

沃伊尼茨基：「已經」是什麼意思？

阿斯特洛夫：女人只有按以下順序才或許能跟男人成為朋友：先是熟識的人，再來是情人，最後才會是朋友。

沃伊尼茨基：放你的下流屁。

阿斯特洛夫：如何？是啦……老實承認——我是變得粗俗。你看，我還喝醉了呢。通常我每個月會喝醉這麼一次。每當我處於這種狀態，我就會變得無賴又極度厚顏無恥。這時候我什麼都不在乎！我答應最困難的手術然後做到完美；我描繪未來最寬闊的藍圖；這種時候我就不會覺得自己是個怪胎，而且我相信自己能為人類帶來龐大的利益……龐大的！這種時候我還有自己獨特的哲學系統，而你們所有人，我的兄弟們，在我面前是如此渺小……像微生物。（對著切列金）華夫，彈吧！

切列金：我的好朋友，我啊是很開心能為你做任何事，但是你也要明白的吧——這整間屋子的人全都已經睡覺了！

阿斯特洛夫：彈！

切列金輕輕的彈奏。

應該再喝點。我們走，去那邊，看來我們還剩一些白蘭地。接著天亮，就去我那。趨吧？我有一個助理醫生，他從來不說「去」，而是說「趨」。可怕的壞蛋。那麼趨吧？（看見索妮亞走進來）抱歉，我沒有繫領帶。（快速離開。切列金走在他身後）

索妮亞：怎麼啦你，凡尼亞舅舅，又跟醫生一起喝得酩酊大醉。帥哥們成為了好友。得了吧，他總在喝酒，你這樣又是為了什麼？在你這個年紀十分不得體。

沃伊尼茨基：跟歲數無關。如果人們沒有真正的人生，那麼活著不過是海市蜃樓。無論如何總是比什麼都沒有來得好。

索妮亞：我們的乾草已經全部收割，最近每天都下雨，所有東西都在發爛，可是你還在那邊研究海市蜃樓。你完全不管不顧莊園裡的所有事務……留我一個人獨自工作，我完完全全筋疲力盡了……（驚慌失措）舅舅，你的眼裡有淚光！

沃伊尼茨基：什麼淚光？什麼都沒有……沒有的事……剛才你看著我的目光，真像你過世的母親。我親愛的……（熱切親吻她的手和臉）我的姊姊……我親愛的姊姊……她現在在哪？如果她知道！唉，如果她知道！

索妮亞：什麼？舅舅，知道什麼？

沃伊尼茨基：我覺得好難，我不怎麼舒服……沒關係……之後再……沒關係……我先走了……（離開）

索妮亞：（敲門）米哈伊爾．利沃維奇！您睡了嗎？打擾一下！

阿斯特洛夫：（門後）稍等！（過了一會兒他出來。他已經穿好背心也繫好領帶）您有什麼吩咐？

索妮亞：如果您不反對的話，請您自己喝酒，但是，我拜託您，別讓舅舅喝。喝酒對他傷害很大。

阿斯特洛夫：好。我們以後都不喝了。

停頓

我馬上就要回家。已經決定也簽訂好了。趁著套馬的時間，天也快要亮了。

索妮亞：現在還在下雨。至少等到早上吧。

阿斯特洛夫：暴風雨從旁邊經過，我們只有掃到邊緣。我待會兒就出發。然後，拜託請再也不要邀請我來為您父親看診。我跟他說——是痛風，而他——堅持是風濕，我請他躺著，他硬是要坐著。今天呢則開始根本不跟我說話。

索妮亞：他被寵壞了。（走向櫥櫃）您想吃點什麼嗎？

阿斯特洛夫：好，請給我一些。

索妮亞：我喜歡在半夜吃點東西。櫥櫃裡，可能會有什麼吃的。據說他這一生在女人身上獲得極大的成功，那些女人把他寵壞了。來吧拿點起司。

兩個人站在櫥櫃旁吃東西。

阿斯特洛夫：我今天什麼都沒吃，只有喝酒。您父親的個性很難相處。（從櫥櫃拿出一瓶酒）可以嗎？（喝一杯）這裡沒有別人，所以可以坦白說。您知道嗎，在您家我一個月都活不下去，會悶死在這種氣氛裡……您父親，整個沉浸在自己的痛風跟書堆裡，凡尼亞舅舅有自己的憂鬱，您外婆，最後，您繼母……

索妮亞：繼母怎麼了？

阿斯特洛夫：人身上的一切應該皆是完美：臉、服裝、靈魂、思想。她的確美麗，毫無爭議，但畢竟她光只會吃飯、睡覺、散步，以她的美貌迷惑我們眾人——除此之外什麼都不做。她毫無職責，其他人則為她工作……是這樣的吧？遊手好閒的生活不可能是純潔的。

停頓

不過，或許是我太嚴苛。我不滿意生活，就像您的凡尼亞舅舅，然後我們都變得愛嘮叨抱怨。

索妮亞：您對生活不滿意嗎？

阿斯特洛夫：其實基本上我還是熱愛生活，但是我們的生活，小地方的、俄羅斯的、庸俗的，讓我無法忍受，讓我從靈魂深處用盡全力鄙視它。至於我個人，私生活，也是，的確，裡面完全沒有任何好的部分。您知道的，當你在黑夜中穿越森林，如果此時遠處有微光閃爍，那你就會忽視疲倦、黑暗，以及那些打在你臉上的刺人樹枝。我工作的狀況，您知道的，就像縣裡沒有其他醫生，命運未曾停止打擊我，有時候我痛苦不堪，但我卻沒有遠處那一點小火光。我不為自己期待任何事，不愛任何人……我已經很久沒有愛任何人。

索妮亞：一個人也沒有？

阿斯特洛夫：一個人也沒有。我只對您的保姆奶奶感到一絲溫情——由於過往的回憶。佃農們千篇一律、沒水準、生活髒亂，難以跟知識分子和睦相處。知識分子讓人心累。他們那些人，我們熟識的那些人，不愛動腦、缺乏情感，看不到自己鼻子以外的事物——實在愚蠢無聊。另一些比較聰明、比較有聲望的人，歐斯底里，受分析與自省所苦……他們抱怨、仇恨，病態的誹謗別人，走到人身邊，斜眼盯著他人判定：「噢，這是精神病患！」或者「這人愛吹牛！」當他們不知道可以往我額頭上貼什麼標籤，他們會說：「這個怪胎，陰陽怪氣！」我熱愛森林——這很怪；我不吃肉——這也很怪。直率的、純潔的、不受拘束的與自然界或是與人之間的關係都不存在了……沒有，都沒有了！（想再喝酒）

索妮亞：（打斷他）不行，我拜託您，請求您，別再喝了。

阿斯特洛夫：為什麼？

索妮亞：這對您來說完全不配！您溫文儒雅，還有這麼溫柔的聲音，還有甚至，您跟我認識的其他人都不一樣，您英俊帥氣。

為什麼您想跟那些平凡普通的人一樣喝酒、打牌?噢,不要這樣,我拜託您!您總是說,人類不事創造反而破壞上天所給予的。那又是為什麼,為什麼您要自我毀滅?不要這樣,不要這麼做,我拜託您,我懇求您。

阿斯特洛夫:(把手伸向她)我以後不會再喝酒了。

索妮亞:向我保證。

阿斯特洛夫:我保證。

索妮亞:(緊握住他的手)謝謝。

阿斯特洛夫:就這麼說定!我酒醒了。您看,我已經完全清醒而且會保持這個狀態直到我生命的最後一天。(看錶)那麼,我們繼續說。我說:我的時光已經流逝,對我來說一切都太遲了……我衰老、工作過勞、變得庸俗、所有感情麻木,而且，貌似，我沒有辦法對人產生依戀。我現在不愛任何人，將來也不會愛任何人。還能夠使我迷戀的，只有美麗。我偏愛美麗的事物。我覺得吧，如果伊蓮娜．安德烈耶芙娜想要，那她能夠在一天之內讓我沖昏頭……但畢竟這不是愛情，這不是依戀……（用手矇住眼睛，哆嗦著）

索妮亞：您沒事吧？

阿斯特洛夫：沒……在大齋節期我有個病人死於麻醉。

索妮亞：是時候把這件事忘掉吧。

停頓

請告訴我，米哈伊爾．利沃維奇……如果我有位女性朋友或是有個妹妹而且您認識，然後她……嗯，假設，她愛您，您對這樣的事有什麼想法呢？

阿斯特洛夫：（聳肩）我不知道。應該就是，也不能怎麼辦。我會讓她明白，我沒辦法愛她……況且我分身乏術、無心於此。好啦，不管怎麼說，如果要走，那現在是時候出發了。再見囉，我親愛的女孩，不然我們到早上都無法結束談話。（握手）如果您允許的話，我會穿越客廳走出去，否則，我擔心，您舅舅不讓我走。（離開）

索妮亞：（獨自一人）他什麼都不告訴我……他的靈魂和他的心依然對我緊閉，可是為什麼我卻感到這麼幸福？（幸福的笑）我對他說：您溫文儒雅、品行高尚、您有如此溫柔的聲音……難道這樣不恰當？他的聲音振動著，撫慰著我……就是，我能在空氣中感覺到他。可是當我告訴他關於妹妹的事，他不懂。（搓手）噢，這真是糟糕，為什麼我不漂亮！這真的是很糟糕！我知道，我不漂亮，我知道，我都知道……上週日，當我們從教堂離開的時候，我聽見了人們是如何議論我的，有個女人說：「她善良、慷慨，可惜了就是長得醜……」長得醜……

伊蓮娜・安德烈耶芙娜進來。

伊蓮娜・安德烈耶芙娜（開窗）：暴風雨過去了。空氣多好！

停頓

醫生呢？

索妮亞：走了。

停頓

伊蓮娜・安德烈耶芙娜：索菲！

索妮亞：什麼事？

伊蓮娜・安德烈耶芙娜：您要對我生悶氣到什麼時候？我們彼此並沒有做過傷害對方的壞事。為什麼我們要變成仇人？別再氣了……

索妮亞：我也這麼想……（擁抱她）氣夠了。

伊蓮娜・安德烈耶芙娜：那就太好了。

兩人都很激動。

索妮亞：爸爸睡了嗎？

伊蓮娜・安德烈耶芙娜：沒睡，坐在客廳……我們彼此不說話好幾個星期了，唉，天知道是為了什麼……（看見櫥櫃開著）這是怎麼了？

索妮亞：米哈伊爾・利沃維奇剛在這吃晚餐。

伊蓮娜・安德烈耶芙娜：還有紅酒……來為我們的友誼一起喝一杯吧。[8]

索妮亞：來吧。

伊蓮娜・安德烈耶芙娜：共飲一杯……（斟酒）這樣更好。嗯也就是說——你？

索妮亞：你。

他們喝酒並親吻對方。

我早就想跟你和好，但還是有點不好意思……（哭）

伊蓮娜・安德烈耶芙娜：你怎麼哭了？

索妮亞：沒事，我就是這樣。

伊蓮娜・安德烈耶芙娜：哎呀，好了、好了……（哭）我這奇怪的女人，我也跟著哭了……

停頓

你生我的氣是認為我似乎為了利益才嫁給你父親……如果你相信誓言，那麼我向你發誓——我嫁給他全因愛情。他身為學者和名人這點深深吸引我。這不是真正的愛情，是虛假的，不過畢竟當時我確信這就是愛情。我並沒有錯。而你從婚禮當天起就未曾停止用聰明又多疑的目光譴責我。

索妮亞：好啦，和平，和平！我們都忘了吧。

伊蓮娜．安德烈耶芙娜：不應該這樣看待別人——這不適合你。

8 原文 Давайте выпьем брудершафт，來自德文 Brüderschaft trinken，意指通過特殊的餐桌儀式鞏固友誼。以交杯酒的方式，兩人須看著對方的眼睛同時飲下杯中飲品，接著親吻對方，通過儀式確認雙方的友好關係。儀式結束便不再用敬語改用平語，所以本文後續伊蓮娜與索妮亞皆改用「你」而非「您」來稱呼對方。

應該要相信大家，否則日子沒辦法過。

停頓

索妮亞：告訴我真心話，像個朋友一樣……你幸福嗎？

伊蓮娜．安德烈耶芙娜：不幸福。

索妮亞：這我之前就知道了。還有一個問題，請誠實的告訴我——如果可以，你想要年輕的丈夫嗎？

伊蓮娜．安德烈耶芙娜：你還真是個小女孩。當然，如果可以的話。（笑）好吧，還有什麼別的要問，問吧……

索妮亞：你喜歡醫生嗎？

伊蓮娜．安德烈耶芙娜：嗯，很喜歡。

索妮亞：（笑）我的樣子很傻……對嗎？看，他已經離開，我卻還好像聽得到他的聲音和腳步聲，只要我看著漆黑的窗戶，他的臉就會出現在我面前。讓我一口氣全部說了吧……只是我沒辦法在公開場合大聲說出來，我不好意思。去我房間吧，我們在那裡說。你會不會覺得我很傻？從實招來……告訴我關於他的事，隨便什麼都好……

伊蓮娜・安德烈耶芙娜：像是什麼？

索妮亞：他聰明……他什麼都會，無所不能……他不僅能夠醫治病人，還能夠培育森林……

伊蓮娜・安德烈耶芙娜：關鍵不在森林也不在醫學……親愛的，你懂嗎，這是天賦！你知道天賦意味著什麼嗎？勇氣、靈活的腦袋、寬闊的氣魄……當他種下一棵小樹就已經在預測這棵樹未來一千年之後會變得怎樣，他已經能夠想像人類的幸福了。這種人很罕見，他們需要被珍惜……他喝酒，有時候粗俗——

這也沒什麼大不了？有天賦的人在俄羅斯不可能是乾乾淨淨的。你自己想想，這位醫生怎麼過生活的！路上難以通行的泥濘、嚴寒、暴風雪，遙遠的路程距離，野蠻又粗俗的人民，四周貧困與疾病環繞。這種情況下，日復一日工作，奮鬥的人很難到了四十歲還保持自我的純潔和理智[9]。（親吻她）我由衷的祝福你，你值得幸福……（起身）我則是個枯燥乏味、無關緊要的配角……無論是在音樂上，還是在丈夫家裡，在所有的小說裡——任何地方，用一句話總結，我就是無關緊要的配角。坦白說，索妮亞，如果仔細想想，其實我非常、非常不幸！（情緒激動的在舞台上來回走動）在這個世界上我不配擁有幸福。不配！你笑什麼？

索妮亞：（掩面而笑）我是如此幸福……幸福！

伊蓮娜．安德烈耶芙娜：我想要彈鋼琴……我現在要隨便演奏些什麼。

索妮亞：開始演奏吧。（擁抱她）我睡不著……彈吧！

伊蓮娜．安德烈耶芙娜：等等。你父親還沒睡。只要他身體不舒服，音樂就會惹火他。去試探一下。如果他不介意，我再開始彈。去吧。

索妮亞：馬上去。（離開）

巡邏員在花園發出聲響。

9　此處原文之義也指不喝酒。

伊蓮娜・安德烈耶芙娜：我已經好久沒有彈鋼琴了。我要一邊彈一邊哭，哭得像個小丑[10]。（向窗外）是你敲打了什麼發出的聲音嗎，葉非姆？

巡邏員的聲音：是我！

伊蓮娜・安德烈耶芙娜：別敲了，老爺身體不舒服。

巡邏員的聲音：我馬上就走！（吹口哨）喂您，小黑狗！好小子！小黑狗！

停頓

索妮亞：（返回）不可以！

10 дура，意指古代宮廷或是封建領主家中的女侍從小丑，此處亦指傻瓜。

幕下

第三幕

謝列布里雅科夫家的客廳。三扇門：右邊，左邊和正中間。白天。

沃伊尼茨基，索妮亞（兩人坐著）和伊蓮娜．安德烈耶芙娜（在舞台上來回走動，思考著什麼）。

沃伊尼茨基：崇高的教授先生吩咐要宣告心願，指示所有人下午一點在這個客廳集合。（看錶）差一刻鐘就一點了。是想要跟全世界展示什麼。

伊蓮娜．安德烈耶芙娜：看樣子，是有些事。

沃伊尼茨基：他根本就不會有重要的事。寫的都是屁話，總是喃喃抱怨加上羨慕忌妒，僅此沒有別的了。

索妮亞：（責備的語氣）舅舅！

沃伊尼茨基：好啦，好啦，我的錯。（指著伊蓮娜．安德烈耶芙娜）你看看，走路時因為懶惰而顯得搖搖晃晃。非常可愛！非常！

伊蓮娜．安德烈耶芙娜：整天嘰嘰歪歪，不停嘰嘰歪歪——怎麼能不令人厭煩！（帶著憂愁）我無聊得要死，我不知道要做什麼。

索妮亞：（聳肩）事情難道還少嗎？只看你想不想做。

伊蓮娜．安德烈耶芙娜：例如？

索妮亞：管理莊園裡的事務，還有教育啊、醫治啊。難道會少嗎？之前你跟爸爸不在這裡的時候，我跟凡尼亞舅舅都是自己去市集賣麵粉。

伊蓮娜．安德烈耶芙娜：這我不會，再說我也沒興趣。教育佃農、替佃農治療這類事情應該只存在於理想崇高的小說故事裡，我要怎麼接受突然無緣無故去醫治或是教育他們？

索妮亞：我才不明白，怎麼就不能去教教他們。別著急，之後你就會習慣。（擁抱她）別悶了，親愛的。（笑）你無所事事，坐立不安，可是煩悶和遊手好閒會傳染的。看吧，凡尼亞舅舅什麼事都不做就只跟在你身後，像團影子，我呢則是拋下自己的工作就為了跑來找你聊天。我變懶了，我不能這樣。米哈伊爾．利沃維奇醫生以前很少到我們這裡，一個月一次，很難求得他來，可是現在他每天拜訪，拋下了他的森林跟醫學。你是個巫婆，鐵定是。

沃伊尼茨基：你在煩惱什麼？（活潑的）喂，我親愛的，大美人，放聰明點！您的血管裡流淌著美人魚般能迷惑人的血，那就做好美人魚吧！一輩子至少放縱自己一次，趕快跟隨便哪條人魚愛得死去活來——噗通一聲一頭陷入愛情的深淵，讓教授先生跟我們大家只能兩手一攤，毫無招架之力！

伊蓮娜・安德烈耶芙娜：（憤怒）滾，離我遠點！這些話多麼殘忍！（想離開）

沃伊尼茨基：（不讓她走）好啦，好啦，我的寶貝，對不起……我道歉。（親吻她的手）和平。

伊蓮娜・安德烈耶芙娜：承認吧，就算是天使也沒有足夠的耐心。

沃伊尼茨基：做為和平與和諧的象徵，我現在去拿一束玫瑰花過來，早上就為您準備好了……秋天的玫瑰——非常嬌豔的，惆悵的玫瑰……（離開）

索妮亞：秋天的玫瑰——非常嬌豔的，惆悵的玫瑰……

兩人雙雙看向窗外。

伊蓮娜．安德烈耶芙娜：居然已經九月。我們竟然得在這裡度過冬天！

停頓

醫生在哪？

索妮亞：凡尼亞舅舅的房間。正在寫些什麼。我很慶興，凡尼亞舅舅出去了，我需要跟你談一談。

伊蓮娜．安德烈耶芙娜：要談什麼？

索妮亞：要談什麼？（把頭靠在她的胸口）

伊蓮娜・安德烈耶芙娜：欸，好了、好了……（撫平她的頭髮）好了。

索妮亞：我長得不漂亮。

伊蓮娜・安德烈耶芙娜：你有一頭漂亮的秀髮。

索妮亞：不是這樣！（回頭照鏡子）才不是這樣！只要一個女人長得不漂亮，大家就會跟她說「你有一雙美麗的眼睛，你有一頭漂亮的秀髮」……我已經愛了他六年，我愛他勝過愛我的媽媽；我時時刻刻都聽見他，感覺到他握住我的手；我看著門，等待，我常常覺得他好像馬上就會出現。真是的，你看，我一直來找你就是為了談他的事。現在他每天都來這裡，可是他的目光不在我身上，他沒看見我……多痛苦啊！我沒有任何希望，沒有，全沒有！（絕望的）喔上帝啊，請賜給我力量……我整夜整夜祈禱……我常常接近他，主動開口跟他說話，盯著他的眼睛看……我已經沒有驕傲，毫無自制力……我忍無可忍以至於昨天還向凡尼亞舅舅坦承了我的愛……所有僕人都知道我愛他。所有人都知道。

伊蓮娜．安德烈耶芙娜：他呢？

索妮亞：他不知道。他根本沒注意過我。

伊蓮娜．安德烈耶芙娜：（沉思）他是個怪人……你懂吧？如果你允許的話，讓我去跟他談一談……我會很小心的說，給他一點暗示……

停頓

說實在的，到底要這樣搞不清楚狀況到什麼時候……你就讓我去！

索妮亞肯定的點點頭。

這樣很棒。他愛或是不愛——這不難知道。你別不好意思，親愛的，別緊張——我會小心謹慎向他打聽，他甚至不會察覺。我們只需要知道：愛或不愛？

停頓

如果不愛，那就別再讓他到這裡來。這樣好嗎？

索妮亞肯定的點點頭。

如果不要看到會比較容易。我們打鐵趁熱，現在就去向他打聽。他準備要給我看一些草稿……去跟他說，我想見他。

索妮亞：（焦急的）你會告訴我全部的真相嗎？

伊蓮娜・安德烈耶芙娜：當然，那還用說。在我看來，所謂的真相，不管究竟為何，都不會比一無所知來得可怕。這件事包在我身上，親愛的。

索妮亞：好……好吧……我會告訴他，你想看他的草稿……（走到門邊停下）不，一無所知其實更好……至少仍然有希望……

伊蓮娜．安德烈耶芙娜：你是怎樣？

索妮亞：沒什麼。（離開）

伊蓮娜．安德烈耶芙娜：（獨自一人）沒有什麼比知道了別人的祕密卻幫不上忙來得更糟。（思忖）他沒有愛上她——這顯而易見，可是為什麼他不娶她呢？她不美麗，可是對於一個鄉下醫生來說，他這個歲數，她會是個非常棒的妻子。她是個聰明人，這麼善良，純真……不，事情不是這樣的，不是這樣……

停頓

我懂這個可憐的小女孩。處於絕望苦悶裡，周遭的人像是散落的灰色斑點平凡無趣，聽到的只有庸俗的話，那些人就只知道吃、喝、睡，偶爾他來拜訪，他跟那些人不同，英俊、風趣、迷人，像黑暗中升起的皎潔明月……被這樣一個人的魅力所吸引，沉淪……看來，我似乎也有那麼一點點迷戀他。的確，沒有他的話我會無聊，一想到他，我就微笑……這是凡尼亞舅舅說的，彷彿我的血管裡流淌著美人魚般能迷惑人的血。「一輩子至少放縱自己一次」……那麼？說不定，就是需要這樣做……我要像自由的鳥飛離你們所有人，擺脫你們死氣沉沉的面孔，避開閒言閒語，忘卻這世界上你們所有人的存在……但是我膽小懦弱又害羞……我被良心譴責……現在他天天到這裡來，我猜得出來，為什麼他在這，甚至覺得自己難辭其咎，做好了跪倒在索妮亞面前道歉、哭泣的準備……

阿斯特洛夫：（帶著地圖進來）午安！您想要看我的畫嗎？

伊蓮娜．安德烈耶芙娜：昨天您答應要給我看您的作品……現在您方便嗎？

阿斯特洛夫：噢，那是自然。（他在牌桌上攤開地圖然後用圖釘固定住）您在哪裡出生？

伊蓮娜．安德烈耶芙娜：（幫忙他）彼得堡。

阿斯特洛夫：那受教育呢？

伊蓮娜．安德烈耶芙娜：音樂學院。

阿斯特洛夫：對您來說，恐怕不怎麼有趣吧。

伊蓮娜．安德烈耶芙娜：為什麼？我雖然不了解鄉村，但我讀過很多書。

阿斯特洛夫：在這棟房子裡有我的專屬書桌……在伊凡．彼得洛維奇的房間裡。當我徹底精疲力盡累到腦袋完全放空的時候，所有事物我都一概棄之不顧然後跑來這裡，就在這裡花一兩個小時玩玩這個東西娛樂自己。伊凡・彼得洛維奇和索菲亞・亞歷山德羅芙娜敲打著算盤，我就在他們旁邊，坐在我的專屬書桌前塗塗改改，與此同時我感到溫暖、平靜，蟋蟀唧唧。不過我並不常常允許自己玩樂，一個月一次……（指著地圖）現在請看過來這裡。是我們這個縣五十年前的地景圖。深綠色和淺綠色的顏料代表森林；這個地區有一半的面積森林密布。綠色區塊內紅色網格線的位置，那裡是駝鹿跟山羊的棲息地……我還標示了動物群跟植物群。以前有天鵝、鵝、野鴨生活在這片湖泊，還有就是，據老一輩的人說，曾經有各式各樣充滿生命力的鳥，數不勝數，鋪天蓋地的飛馳。除了大村莊和小村落之外，您看，四處還零星分布自大村莊遷出來形成的五花八門不同新聚落、小型農莊莊園、避居荒郊的舊教派隱士修道院、水磨坊……也有過大量有角的家畜跟馬，沿著淺藍色的顏料就可以看到。舉例來說，在這個鄉，淺藍色顏料覆蓋得比較濃密，這裡曾經有成群的馬，每一戶恰好有三匹馬。

停頓

現在讓我們往下看。這是二十五年前的樣子。這裡森林已經減少到只剩接近總面積的三分之一。山羊都消失了，可是駝鹿還在。塗了綠色跟淺藍色顏料地區的顏色變得比較淡。之類等等的以此類推。我們接著看第三個，是這個縣目前的地景圖。綠色顏料已經不是密密麻麻連成一片，而是在某些地方散落著星星點點；無論是駝鹿、還是天鵝、亦或是松雞全部都消失了……之前那些新的聚落、小農莊、隱士修道院、水磨坊都無影無蹤。總而言之，這是一副逐漸衰敗與明顯退化的寫照圖，看來大概至少還要等十到十五年之後，才有辦法形成全貌。您說，這裡還有受到先進文明的影響，舊有的生活方式自然而然會被新的生活方式所取代。的確，我也了解，如果在被破壞的林地上鋪設公路、鐵路，或是在被破壞的林地上有工廠、車間、學校——民眾就可以變得更健康、更富裕、更聰明，然而要知道這裡完全沒有這些東西！在這個縣，還是一樣的沼澤、蚊蟲，還是一樣的交通不便道路難行、貧困、傷寒、白喉、火災……在這裡我們要面對的，是為了生存卻力不從心而導致的衰敗退化。這種衰敗來自於墨守成規、來自於愚昧無知、來自於徹底缺乏自我意識，當人類在凍僵、飢餓、生病的時候，為了挽救餘生、為了守護好自己的孩子，出於本能，不知不覺間抓住所有只要是可以充飢、取暖的東西，什麼都破壞，而不去管明天該怎麼辦。已經幾乎是全面的破壞，卻仍然沒有重建任何東西來做替代。（冷冷的）從您的臉上我可以看得出來，您對此並不感興趣。

伊蓮娜．安德烈耶芙娜：隔行如隔山，我對這些真的沒什麼概念。

阿斯特洛夫：這不需要什麼概念，純粹就是不感興趣。

伊蓮娜．安德烈耶芙娜：坦白說，有別的事情占據了我的思緒。不好意思。我需要對您做個小小的偵訊，可是我又覺得尷尬，正苦惱該怎麼開口。

阿斯特洛夫：偵訊？

伊蓮娜·安德烈耶芙娜：對，偵訊，不過……絲毫沒有惡意。我們坐著吧！

兩人都坐下。

事情牽涉到一位年輕女性。我們的談話會像正直的人一樣、像熟識的人一樣，直言不諱不繞圈子。解釋清楚然後忘記談話內容，可以嗎？

阿斯特洛夫：可以。

伊蓮娜·安德烈耶芙娜：事情是關於我的繼女索妮亞。您喜歡她嗎？

阿斯特洛夫：是的，我尊重她。

伊蓮娜・安德烈耶芙娜：您是像喜歡女人一樣的喜歡她嗎？

阿斯特洛夫：（非即時）不是。

伊蓮娜・安德烈耶芙娜：還有兩、三句話——就可以結束。您什麼都沒有查覺到嗎？

阿斯特洛夫：什麼都沒有。

伊蓮娜・安德烈耶芙娜：（抓住他的手）您並不愛她，從您的雙眼就看得出來……她飽受折磨……請理解這件事，然後……請別再到這裡來了。

阿斯特洛夫：（起身）我的時光已經流逝……況且也沒有時間……（聳肩）我哪有時間能做這些事？（他窘迫）

伊蓮娜・安德烈耶芙娜：哎呀，多麼讓人不愉快的談話！我非常煩躁，就像是在身上拖行了一千普特[1]。好吧，感謝上帝，就此結束了。我們都忘了吧，當作我們從來沒說過，然後……然後您就請回吧。您是聰明人，您應該明白……

停頓

我甚至渾身發燙。

阿斯特洛夫：如果您在一、兩個月之前就跟我說這些，那麼我，也許，還會想一想，可是現在……（聳聳肩）可如果她為此飽受折磨，那麼，當然……只是有一點我想不透：為什麼您還用得上這個偵訊？（注視著她的眼睛同時搖搖手指）您——真是八面玲瓏！

伊蓮娜．安德烈耶芙娜：什麼意思？

1 俄羅斯舊時計量單位，自 1899 年起，1 普特等於 16.3804964 公斤。

阿斯特洛夫：（笑）小狐狸！假設，索妮亞備受痛苦，我心甘情願的接受，那您這個偵訊的目的是什麼？（阻止她說話，非常強烈的）恕我冒昧，請不要故作驚訝，您很清楚知道，為什麼我每天都在這裡……為了什麼又是為了誰到訪，您明明都知道。可愛的掠食者，別這樣看著我，我可是隻老麻雀[2]……

伊蓮娜．安德烈耶芙娜：（莫名其妙的）掠食者？完全聽不懂您在說什麼。

阿斯特洛夫：美麗的、毛茸茸的黃鼠狼……您需要獵物。看我已經整個月不務正業，拋下一切，如飢似渴的找尋您——您也非常喜歡這樣，非常……好吧，既然如此？我被征服了，您不用偵訊就知道了。（雙臂交叉同時低下頭）我屈服。來，吃我！

伊蓮娜．安德烈耶芙娜：您瘋了！

阿斯特洛夫：（抿嘴笑）您害羞了……

伊蓮娜・安德烈耶芙娜：噢，我比您想得更好也更高尚！我發誓！（想離開）

阿斯特洛夫：（擋住她的路）我今天就離開，以後再也不會來這裡，可是……（握住她的手，四處張望）我們之後要在哪裡碰面？快點說吧，在哪裡？大家都有可能會進來，快點說吧。（狂熱的）多麼有魅力、多麼美麗動人……給我親一下……我只親親您馥郁芬芳的秀髮……

伊蓮娜・安德烈耶芙娜：我對您發誓……

阿斯特洛夫：（打斷她說話）為什麼發誓？不需要發誓。不需要

2 意指經驗豐富不會上當受騙的人。

廢話……噢，多麼美麗！這雙手！（親吻她的手）

伊蓮娜·安德烈耶芙娜：哎夠了，簡直是沒完沒了……請離開……（掙脫手）您神智不清了。

阿斯特洛夫：說吧，說，我們明天在哪裡見？（摟著她的腰）你看，這是無法避免的，我們必得碰面。（吻她。與此同時沃伊尼茨基拿著一束玫瑰花走進來止步於門邊）

伊蓮娜·安德烈耶芙娜：（沒看到沃伊尼茨基）請您大發慈悲放了我吧……離我遠一點……（把頭依偎到阿斯特洛夫的胸膛）不要這樣！（想離開）

阿斯特洛夫：（摟緊她的腰）明天到森林管理局吧……大概下午兩點左右……好嗎？可以嗎？你會來吧？

伊蓮娜·安德烈耶芙娜：（看見沃伊尼茨基）放開我！（非常驚

慌的退開走到窗邊）這真是太可怕了。

沃伊尼茨基：（把花束放到椅子上。煩躁不安的拿手帕擦拭臉與衣領後面）什麼都沒發生……就是這樣……沒事的……

阿斯特洛夫：（悶悶不樂）十分敬愛的伊凡．彼得洛維奇，今天天氣不錯。早上本來還是整片陰霾，就好像下雨，現在居然放晴了。憑良心說，秋天真是無與倫比的美……而且秋播農作物也不錯。（把地圖捲成筒狀）唉就只是，白天變短了……（離開）

伊蓮娜．安德烈耶芙娜：（快速走近沃伊尼茨基身邊）您要想盡辦法，您要運用您一切的勢力影響力，讓我跟丈夫今天就離開這裡！聽到了嗎？今天就要！

沃伊尼茨基：（擦臉）什麼？嗯，好……好吧……Hélène，我都看見了，全部都……

伊蓮娜·安德烈耶芙娜：（神經緊繃的）聽到了嗎？我今天就要離開這裡！

謝列布里雅科夫、索妮亞、切列金和瑪琳娜走進來。

切列金：教授閣下，我啊自己也不知道是怎麼了身體就是有點不太舒服。看我都已經抱病兩天了。頭有點那個什麼不太妙啊……

謝列布里雅科夫：其他人在哪裡？我太不喜歡這棟房子。像迷宮。二十六個巨大的房間，所有人都被分散了，才無論何時都找不到任何人。（搖鈴）請瑪麗亞·瓦西里耶芙娜和伊蓮娜·安德烈耶芙娜到這裡來！

伊蓮娜．安德烈耶芙娜：我在這。

謝列布里雅科夫：各位，請坐。

索妮亞：（走近伊蓮娜．安德烈耶芙娜，迫不及待）他說了什麼？

伊蓮娜．安德烈耶芙娜：之後再說。

索妮亞：你在發抖？你緊張激動？（追根究柢仔細盯著她的臉看）我知道了……他說，以後他再也不會到這裡來了……是嗎？

停頓

說啊，對嗎？

伊蓮娜．安德烈耶芙娜肯定的點頭。

謝列布里雅科夫：（對著切列金）健康狀況不佳勉強可以忍受，讓我忍受不了的是這種鄉村的生活模式。我有種感覺，就好像自己從地球跌落到某個陌生的星球。請坐下，各位，麻煩大家。

索妮亞！

索妮亞聽不見他，她站著，悲傷的低著頭。

索妮亞！

停頓

她沒聽到。（對著瑪琳娜）還有你，保姆嬤嬤，也坐下。

保姆坐下繼續織毛襪。

麻煩大家。如果可以這樣說的話，請集中注意力就像把各位的耳朵都掛在釘子上。（笑）

阿斯特洛夫：（焦急不安）我，應該，不需要吧？我可以走了嗎？

謝列布里雅科夫：不可以，你比任何人都更應該待在這裡。

沃伊尼茨基：您需要從我這裡得到什麼？

謝列布里雅科夫：您……你又在氣什麼？

停頓

如果我做錯什麼冒犯你，請接受我的道歉。

沃伊尼茨基：停止這種怪腔怪調。我們回歸正題……你需要什麼？

瑪麗亞．瓦西里耶芙娜進來。

謝列布里雅科夫：Maman 總算來了。那我這就開始了，各位。

各位，我邀請你們，是為了向你們宣布，有一位欽差大臣要到我們這裡來。[3]不過玩笑最好還是到此為止，說正經的。這是一件嚴肅的事。各位，我聚集你們是為了要向你們請求援助和建議，並且，正是知道你們一貫的盛情，所以希望，可以得到一些答覆。我是一個不食人間煙火的文人，對現實生活始終感到陌生。

沒有內行人指點我便無法順利處理，所以拜託你，伊凡・彼得洛維奇，還有您，伊利亞・伊利奇，以及您，maman……事情是這樣的，manet omnes una nox[4]，也就是我們皆福禍難測、聽天由命；我認為是時候多多少少調整自己的財產狀況，因為那些財產關係到我的家庭。我的生命已經差不多接近尾聲，我不為自己打算，可是我有年輕的妻子，和未婚的女兒。

停頓

我沒辦法繼續住在鄉下。我們不是為了鄉村而生。而這個莊園的資金收入不足以負擔我們居住在城市裡的開銷。假設，我們出售一片森林，可這是特殊手段，不可能每年採用。必須尋求一些措施，以確保我們持續且固定有一定程度上的收入數目。為此我想到了一個解決方案，並有幸提出供大家討論。省略細節，我先簡單扼要大致說明。我們這份產業的產出金額平均不

3 此處引用果戈里喜劇作品《欽差大臣》戲劇開頭，市長召集手下官員宣布「欽差大臣要來了」的一段話。

4 拉丁文，意指等待所有人的是同一個黑夜。

超過百分之二的利率。我建議賣掉。如果我們把賣掉產業的收入轉用於投資債券，那我們就可以獲得百分之四到五的利率，我覺得，餘額還會有好幾千，足夠我們在芬蘭買一棟小別墅。

沃伊尼茨基：等一下……我覺得，我的耳朵聽錯了什麼。再說一次，你剛才說過的話。

謝列布里雅科夫：把錢投資債券，然後以剩下的餘額在芬蘭買棟別墅。

沃伊尼茨基：不是芬蘭，你還講了一些什麼別的。

謝列布里雅科夫：我建議出售莊園。

沃伊尼茨基：瞧這才是重點。你要賣掉莊園，真是絕妙又富有創意的辦法……那你要命令我跟年邁的母親還有索妮亞死到哪裡去？

謝列布里雅科夫：所有事情我們之後都會再及時討論。沒辦法一次解決。

沃伊尼茨基：再等一下。顯而易見，直到目前為止我沒有一絲一毫的常識。直到目前為止我還愚蠢的認為，這個莊園是屬於索妮亞的。我過世的父親當初買了這座莊園給我姊姊當嫁妝。直到目前為止我還太天真，還不懂土耳其的法律，以為索妮亞已經從姊姊那裡繼承了這座莊園。

謝列布里雅科夫：對，這座莊園屬於索妮亞。誰有異議？沒有索妮亞的同意我也不敢賣掉它。再說我做這件事情就是以索妮亞的幸福為前提。

沃伊尼茨基：匪夷所思，不可思議！要不就是我瘋了，要不就是……就是……

瑪麗亞・瓦西里耶芙娜：尚，不要駁斥亞歷山大。相信我，他比我們更能分辨是非。

沃伊尼茨基：才怪，給我水。（喝水）您就說您想要什麼，您想要什麼！

謝列布里雅科夫：我就不懂了，你到底是在激動什麼。我並不是說自己的計畫多完美。若大家都認定這計畫不合適，我也不會堅持己見。

停頓

切列金：（倉惶失措）教授閣下，我熱愛學術不僅僅是因為景仰，還有因為家族感情。我哥哥格里戈里・伊利奇的小舅子，或許，您知道，康斯坦丁・特羅菲莫維奇・拉克杰莫諾夫，就是一位碩士……

沃伊尼茨基：你閉嘴，華夫，我們在說正事……你等等，之後再說……（對著謝列布里雅科夫）來你問他。這座莊園就是跟他叔叔買的。

謝列布里雅科夫：咳，我何必問？何必？

沃伊尼茨基：當時這座莊園花了九萬五千塊錢買下。父親只有付清了七萬塊，還剩下兩萬五千塊的債務。現在你給我聽清楚了……我要不是為了摯愛的姊姊的利益而甘願放棄了我的繼承權，這座莊園是沒辦法買的。除此之外，我還像牛一樣工作了十年直到償還所有債務。

謝列布里雅科夫：我很後悔，開啟了這個話題。

沃伊尼茨基：莊園零負債並且有條不紊欣欣向榮基本上是因為我本人親自努力的成果。結果當我年紀大了，有些人就想把我從這裡攆出去。

謝列布里雅科夫：我不懂，你究竟想怎麼樣！

沃伊尼茨基：二十五年來我管理莊園，不停工作，寄錢給你，就像是地主家裡最盡忠職守最勤懇的管家，可是長久以來你對我沒有一次感謝。長久以來——無論是年輕的時候，還是現在——我從你那裡領到的薪水就是一年五百塊盧布——這是乞丐討飯的錢嗎！你從來沒有想過幫我加薪哪怕是一塊盧布。

謝列布里雅科夫：伊凡．彼得洛維奇，我怎麼會知道什麼東西多少錢？我是個不食人間煙火的人而且什麼都不懂。你可以自己幫自己加薪啊，看要多少隨你。

沃伊尼茨基：為什麼我從不中飽私囊？如果一切公平，那我現在也不會這麼寒酸。

瑪麗亞・瓦西里耶芙娜：（嚴厲的）尚！

切列金：（焦急）凡尼亞啊，我親愛的好朋友，別這樣，你啊不要這樣……我雞皮疙瘩全部都起來了……你啊為什麼要傷了感情呢？（親吻他）不需要這樣。

沃伊尼茨基：二十五年來我和這位母親，就像田鼠一樣，足不出戶……我們所有思緒和情感，全部的心血都只獻給你一個人。白天我們談論你，談論那些著作，以你為榮，滿懷崇拜唸叨你的名字；夜晚我們浪費時間讀那些我如今深惡痛絕的雜誌跟書！

切列金：你啊不要這樣啦，凡尼亞啊，不需要這樣啦……我啊真的是受不了……

謝列布里雅科夫：（勃然大怒）我不懂，你到底想要怎樣？

沃伊尼茨基：對我們來說，從前你是高人一等的存在，我們甚至可以一字不差的背誦你的文章……可是現在我覺醒了！我看得很清楚！你寫的作品都關於藝術，可是你對於藝術根本一竅不通！你蒙騙我們！

謝列布里雅科夫：各位！倒是來叫他住嘴，這簡直是！我要走了！

伊蓮娜·安德烈耶芙娜：伊凡·彼得洛維奇，我要求您別再說了！您聽到了嗎？

沃伊尼茨基：我就要說！（擋住謝列布里雅科夫的路）你別走，我還沒說完！你斷送了我的人生！我沒有存在過，沒有為自己活過！承蒙你的厚愛，我毀滅，斷送了我人生中的黃金時期！你是我的死敵！

切列金：我啊真的是受不了……受不了啦……我啊要先走了……（非常激動的離開）

謝列布里雅科夫：你想從我這裡得到什麼？還有你憑什麼用這種語氣跟我說話？你這廢物！如果這莊園是你的，你就拿去，我不需要！

伊蓮娜．安德烈耶芙娜：我現在立刻就要離開這個地獄！（尖叫）我再也忍受不了了！

沃伊尼茨基：我的人生沒有指望了！我有天賦、聰明、果敢……如果我可以正常的生活，或許我會成為叔本華，或是杜斯妥也夫斯基……我開始胡言亂語了！我要瘋了……媽媽，我絕望了！媽媽！

瑪麗亞．瓦西里耶芙娜：（嚴厲的）聽亞歷山大的話！

索妮亞：（在保姆面前跪下並依偎在她身上）保姆奶奶！保姆奶奶！

沃伊尼茨基：媽媽！我該怎麼辦？不需要了，別再說了！我知道自己應該要做什麼！（對著謝列布里雅科夫）你將會永遠記得我！（從中間的門離開）

瑪麗亞．瓦西里耶芙娜走在他身後。

謝列布里雅科夫：各位，這到底是怎麼回事，終於？把這個瘋子從我身邊趕走！我沒辦法跟他住在同個屋簷下！他住在這裡（指向中間那扇門），幾乎就在我的旁邊……叫他搬去農莊裡，或去側屋，要不就是我搬出去，反正我是沒辦法跟他留在同一棟房子裡……

伊蓮娜．安德烈耶芙娜：（對著丈夫）我們今天就離開這裡！必須立刻安排。

謝列布里雅科夫：毫無價值的人！

索妮亞：（還是跪著，轉身面向父親。緊張的，聲淚俱下）你要仁慈一點啊，爸爸！我和凡尼亞舅舅是如此的不幸！（抑制絕望）你要仁慈一點！還記得嗎，你年輕的時候，凡尼亞舅舅和外婆為你徹夜翻譯書籍，謄抄你的稿件……整夜，所有的夜晚！我和凡尼亞舅舅不停的工作從來沒有休息，我們害怕在自己身上花費一分一毫就為了把所有錢都寄給你……我們沒有當寄生蟲吃免費的麵包！我要說的不是這個、不是要說這個，可是你應該要體諒我們，爸爸。你要仁慈一點！

伊蓮娜・安德烈耶芙娜：（急切激動的，對著丈夫）亞歷山大，看在上帝的分上跟他說清楚吧……我懇求你。

謝列布里雅科夫：好吧，我去跟他說清楚……我沒有指責他的意思，我沒有生氣，可是，你們同意吧，起碼他的行為舉止很古怪。好吧，就這樣照你說的辦，我去找他。（從中間那扇門離開）

伊蓮娜・安德烈耶芙娜：小心不要傷害他，對他溫柔一點，讓他冷靜下來……（跟在他身後離開）

索妮亞：（依偎在保姆身上）保姆奶奶！保姆奶奶！

瑪琳娜：沒有關係不要害怕，我的乖寶貝乖乖。整群公鵝咯咯叫——然後他們就會停下來……之後再咯咯叫——然後他們又會再停下來……

索妮亞：保姆奶奶！

瑪琳娜：（摸摸她的頭）你怎麼在發抖，就像是在下大雪受凍時那樣！沒事的，不會有什麼事，我的小可憐乖乖，上帝是仁慈的。等等去喝一杯椴樹茶或著是覆盆子茶，甚麼事情都會過去……你不要難過了，我的小可憐乖乖……（看著中間那扇門，懸著一顆心）哼這些公鵝們大發脾氣鬧騰起來啊，真的是太可惡了！

舞台後一陣槍聲。聽得到伊蓮娜．安德烈耶芙娜突然喊叫；索妮亞哆嗦一下。

噢，你們這些該死的！

謝列布里雅科夫：（跑進來，受驚嚇跌跌撞撞）攔住他！快攔住！他瘋了！

伊蓮娜．安德烈耶芙娜和沃伊尼茨基在門口扭打。

伊蓮娜．安德烈耶芙娜：（設法從他手中搶走左輪手槍）給我！給我，照我說的做！

沃伊尼茨基：放手，Hélène！放開我！（掙脫，跑進去後用目光搜尋謝列布里雅科夫）他在哪裡？啊哈，他在這裡！（朝他開槍）砰的一聲！

停頓

沒有射中？又失誤?!（暴怒）啊去他的，可惡……真該死……（左輪手槍擊中地板然後他精疲力盡坐上椅子）

謝列布里雅科夫嚇傻了；伊蓮娜．安德烈耶芙娜靠著牆站，她頭暈。

伊蓮娜．安德烈耶芙娜：帶我離開這裡！帶我走吧，殺了我吧，反正……我沒辦法再待在這裡，我受不了了！

沃伊尼茨基：（絕望）噢，我在做什麼！我在幹什麼！

索妮亞：（微弱的）保姆奶奶！保姆奶奶！

幕下

第四幕

伊凡・彼得洛維奇的房間。他的臥房，這裡同時也是莊園的辦公室。窗邊的一張大桌子上有收支帳簿和大大小小各種紙張、斜面的高寫字台、幾個櫃子、幾個秤。比較小的桌子是讓阿斯特洛夫個人專用的；這張桌子上有繪畫工具、顏料；旁邊是文件夾。還有個籠裡養了一隻歐洲八哥。牆上有一幅非洲地圖，很顯然，這裡無人需要它。左邊，門，通往內室；右邊，玄關的門；右門附近放置了一張地毯，佃農們就不會弄髒房間。秋天的晚上。寂靜。切列金和瑪琳娜兩人面對面坐著，把織襪子的毛線纏繞成團。

切列金：您啊再快一點吧，瑪琳娜・季莫費耶芙娜，搞不好他們馬上就會叫我們去道別啦。他們已經吩咐備馬了。

瑪琳娜：（盡量加快纏繞速度）就剩沒有多少了。

切列金：他們啊就要去哈爾科夫了。之後就會住在那裡。

瑪琳娜：這樣最好。

切列金：他們啊嚇壞了……伊蓮娜．安德烈耶芙娜就說：「就一個小時，我不想住在這裡……我們走對我們馬上就走……」她啊還說：「我們先住到哈爾科夫，熟悉環境之後再把東西搬過去……」這就是說，瑪琳娜．季莫費耶芙娜，他們啊沒有住在這裡的緣分。也不是緣分，應該是說沒有辦法避免的宿命喔。

瑪琳娜：能這樣最好不過。不是剛剛才在那邊亂鬧一場嗎，還開槍了——一個個都丟人現眼的！

切列金：對啊，都可以讓艾瓦佐夫斯基[1]當做繪畫題材囉。

瑪琳娜：要是我的眼睛什麼都沒看見就好了。

停頓

我們總算又可以像以前一樣依照傳統過日子。早上八點鐘喝茶，中午一點鐘吃午餐，晚上——坐著吃晚餐；所有事情都可以按照原本應該有的規矩來，就像是所有其他人一樣……以基督徒的方式來。（嘆息）我這個有罪孽的人啊，已經很久沒吃麵囉……

切列金：是啊，我們啊是有好長一段時間沒有煮麵啦……

停頓

好長一段時間……今天早上，瑪琳娜．季莫費耶芙娜，我啊走經過村莊的時候，有個小店鋪的老闆就在我背後說：「嘿唷，你這個靠別人養的！」所以說呢我啊就變得很傷心！

瑪琳娜：哎呀你就不要理他們了，親愛的。我們所有的人都是依靠上帝的供養來著。就像你、像索妮亞、像伊凡・彼得洛維奇——沒有人是坐在那邊偷懶不做事，我們所有人都是認真打拚！所有的人……索妮亞人呢？

切列金：花園裡。跟著醫生四處走來走去的，在那邊找伊凡・彼得洛維奇呢。大家啊都擔心他把自己處理掉。

瑪琳娜：他的短槍放哪兒去了？

切列金：（低聲回答）被我啊藏到地窖裡面了。

瑪琳娜：（咧嘴而笑）罪過啊罪過！

1 Айвазовский Иван Константинович（1817-1900），浪漫主義時期俄羅斯畫家，以海景畫著名。

沃伊尼茨基和阿斯特洛夫從院子進來。

沃伊尼茨基：先別煩我。（對著瑪琳娜和切列金）你們出去，讓我一個人靜一靜哪怕一個小時就好！我無法忍受被監視。

切列金：我啊這就走，凡尼亞。（踮著腳尖走開）

瑪琳娜：公鵝，嘎——嘎——嘎！（把毛線收好然後離開）

沃伊尼茨基：你走開！

阿斯特洛夫：樂意至極，我早就應該離開這裡，可是，我再重複一遍，在你把從我這裡拿走的東西還我之前，我是不會走的。

沃伊尼茨基：我沒有拿你什麼東西。

阿斯特洛夫：我是認真的——不要再浪費時間。我早該走了。

沃伊尼茨基：我沒有從你那拿走任何東西。

兩人齊齊坐下。

阿斯特洛夫：真的嗎？好吧，我可以稍微再等一等，不過之後呢，抱歉，就不得不採取暴力手段。把你綁起來然後搜查。我是非常認真的說。

沃伊尼茨基：隨便你。

停頓

居然幹了這種蠢事。開了兩槍卻都沒有打中！我永遠不會原諒自己這件事！

阿斯特洛夫：開始喜歡開槍了是吧，要不，對著自己的額頭開一槍試試看。

沃伊尼茨基：（聳肩）很奇怪。我殺人未遂，可是他們沒有逮捕我，沒有把我送交給法庭審判。也就是說，他們認為我瘋了。（邪惡的笑聲）我——是個瘋子，而那些打著教授的招牌，班門弄斧的江湖術士，他們隱藏自己的平庸、愚蠢、冷酷無情，他們不是瘋子。還有那些嫁給老人然後眾目睽睽之下堂而皇之欺騙丈夫的人，也不是瘋子。我看見了、都看見了，你是怎麼擁抱她的！

阿斯特洛夫：是啊先生，我抱了她呢先生，而你就是做不到。（捏捏鼻子）

沃伊尼茨基：（望著門）才不是，這個世界容得下你們這種人才是瘋了！

阿斯特洛夫：得了，還是瘋話。

沃伊尼茨基：怎麼樣，我——就是個瘋子，沒有責任能力，我有權利說瘋話。

阿斯特洛夫：老把戲了。你不是個瘋子，只是奇葩。跳樑小丑罷了。以前我也認為每個怪人都有病、不正常，可是現在我則是認為一直處於標準狀態內的人——才是怪人。你呢十分正常。

沃伊尼茨基：（用雙手摀住臉）太丟臉了！你不知道，我覺得自己有多丟臉！沒有任何痛苦能夠比得上這種強烈羞恥感。（憂鬱的）我再也無法忍受了！（俯身趴在桌上）我該怎麼辦？我該怎麼辦？

阿斯特洛夫：沒有任何辦法。

沃伊尼茨基：給我開點什麼藥吃吧！我的上帝……我現在

四十七歲；如果，假設，我活到六十歲，那我還剩下十三年。太長了！我要如何度過這十三個年頭？我可以做什麼，我要用什麼來填滿這些時間？噢，你懂得吧……（焦急不安的緊握住阿斯特洛夫的手）你懂吧，如果可以我會想盡辦法找個新的生活方式來度過餘生。在一個晴朗又安靜的清晨醒來，感覺你重新開始活著，而前塵往事就像雲煙消散一樣忘卻。（哭）開始新的生活……告訴我，要怎麼開始……從哪裡開始……

阿斯特洛夫：（懊惱的）欸，去你媽的！哪還會有什麼新的生活！我們的處境，不管是你的還是我的，都沒有希望。

沃伊尼茨基：是嗎？

阿斯特洛夫：這件事我很確定。

沃伊尼茨基：給我開點什麼藥來吃吧！（指著心臟）這裡刺痛。

阿斯特洛夫：（生氣大喊）夠了！（緩和下來）那些在我們未來一兩百年後活著的人，還有那些因為我們過著糊塗又沒有品味的生活而鄙視我們的後人——他們，或許可以找到幸福生活的方式，而我們……你和我都只剩下唯一一個希望。希望就是將來我們長眠於棺墓之後，能夠造訪一些夢境，搞不好還是一些非常美好的夢呢。（長嘆一口氣）是啊，兄弟。放眼望去這整個縣就只有兩個人品行端正又有文化素養，就是我跟你。可是不過十年多的時間，庸俗的生活、卑鄙的生活已經緊緊纏繞我們。它用發霉腐爛的惡氣毒化我們的血液，讓我們變得如此俗不可耐，就像其他人。（急切的）不過你現在不要跟我瞎扯那些有的沒的，趕快把你從我這裡拿走的東西還給我。

沃伊尼茨基：我沒有拿你什麼東西。

阿斯特洛夫：你從我的隨身藥箱裡面拿走一瓶嗎啡。

停頓

你給我聽好了，要是你不惜代價就是一心想要自我了斷，那就自己走進森林去舉槍自盡。嗎啡還我，不然到時候又是一堆閒言閒語或是臆測，大家都會以為嗎啡是我給你的……我還得將你解剖驗屍，真是夠了……你是覺得，這樣很好玩嗎？

索妮亞走進來。

沃伊尼茨基：你別煩我！

阿斯特洛夫：（對著索妮亞）索菲亞．亞歷山德羅芙娜，您的舅舅從我的藥箱裡偷偷拿走了一瓶嗎啡卻不願意歸還。請告訴他，這未免不太明智。而且我沒有時間了。我得走了。

索妮亞：凡尼亞舅舅，你有拿嗎啡嗎？

停頓

阿斯特洛夫：他拿了。我確定。

索妮亞：交出來。你為什麼要嚇我們？（溫柔的）還給他吧，凡尼亞舅舅！我的不幸或許沒有比你少，可是我沒有讓自己陷於絕望。我一直忍耐著而且會不斷持續的忍耐下去，直到我的生命自然走向盡頭……忍耐吧，你也可以做得到。

停頓

把嗎啡交出來！（親吻他的手）親愛的、可愛的、光榮的舅舅，把嗎啡還給他吧！（哭）你是善良的，你會憐憫我們然後交出來對吧。忍耐啊舅舅！你要忍耐！

沃伊尼茨基：（從抽屜裡面拿出一枚瓶子交給阿斯特洛夫）喏，還你！（對著索妮亞）我必須要盡快工作，盡快做點什麼，不然我真的沒有辦法繼續忍受……我沒有辦法……

索妮亞：對、對，工作。等等只要將爸爸他們一送走，我們就坐下來工作……（緊張的翻查桌上的文件）我們荒廢了所有事。

阿斯特洛夫：（把瓶子放回藥箱繫緊皮帶）現在可以出發了。

伊蓮娜・安德烈耶芙娜：（走進來）伊凡・彼得洛維奇，您在這裡嗎？我們馬上就要離開了……去找一下亞歷山大吧，他想跟您說說話。

索妮亞：去吧，凡尼亞舅舅。（挽起沃伊尼茨基的手）我們一起去，爸爸跟你應該要盡釋前嫌。這是一定要的。

索妮亞和沃伊尼茨基一起走出去。

伊蓮娜・安德烈耶芙娜：我要走了。（把手伸給阿斯特洛夫）後會有期。

阿斯特洛夫：就這樣走了？

伊蓮娜・安德烈耶芙娜：馬都已經備好。

阿斯特洛夫：再見，一路順利。

伊蓮娜・安德烈耶芙娜：今天您已經答應我馬上會離開這裡。

阿斯特洛夫：我記得。我立刻就走。

停頓

嚇到您了？（拉住她的手）難道有這麼可怕嗎？

伊蓮娜・安德烈耶芙娜：有。

阿斯特洛夫：要不您還是留下來吧！好嗎？明天去森林管理

局……

伊蓮娜・安德烈耶芙娜：不可能……都已經決定好了……也就是因為這樣我才敢這麼大膽的盯著您看，就是因為已經決定了要離開……我有一件事情要拜託您，請把我想得更好一點。我想要您尊重我。

阿斯特洛夫：唉！（做了一個不耐煩的手勢）留下來吧，我拜託您了。您就承認吧，在這個世界上您就是無事可做，也沒有任何生活目標，您窮極無聊到沒有事情足以吸引您的注意力，所以，總有一天，無論如何您會受到感情的誘惑為情所困，不可避免。所以呢還好不是發生在哈爾科夫或是庫爾斯克的某個地方，而是發生在這裡，在大自然的懷抱裡……至少是充滿詩意的，就連秋天也是美麗的……這裡有林場，還有那些具有屠格涅夫風格的殘破莊園……

伊蓮娜・安德烈耶芙娜：您真是幽默……我雖然生您的氣，但我以後還是會滿懷喜悅的回憶您。您是個風趣又標新立異的人。基本上我們再也不會見面了，那所以——為什麼要隱瞞呢？我之前甚至有那麼一點點迷戀您。好吧，我們來握個手然後友好的分道揚鑣吧。如果以前我有什麼做得不對的地方，請見諒。

阿斯特洛夫：（握手）也好，您走吧……（沉思）好像您是一個好人，真誠又可愛，可是您這整個人的存在卻又有些說不上來的奇怪。您跟您丈夫來到這裡，然後所有人，在這裡工作的人、忙碌的人、從事建造的人，別無選擇置自己的工作於不顧，整個夏天都在忙著照顧您丈夫的痛風還有您。兩位——他和您——

把你們那種遊手好閒的懶散傳染給我們所有人。我為您痴狂，整整一個月什麼事都沒做，那段時間不管是民眾生病，或是在我的森林裡，佃農們放牧自家的牲畜在我那些新一代剛萌芽的幼林裡……我都不聞不問。總之，不論您和您丈夫走到哪裡，不論去到什麼地方你們都會招致損害。當然啦，我是開玩笑的，可是這一切就是……很奇怪，而且我相信，要是您真的留下來了，將來會發生爆炸性的毀滅。我嘛可能會死，至於您呢大概……劫數難逃，不會有什麼好下場。好吧，您走吧。**Finita la** comedia！[2]

伊蓮娜．安德烈耶芙娜：（從他的書桌上拿走一枝鉛筆並且迅速藏起來）我拿走這枝鉛筆給自己當作紀念。

阿斯特洛夫：也是蠻奇怪的……我們認識了，然後卻又突然因為某些原因永遠再也不會見到對方。世界上的事情總是這樣……趁著這裡現在沒有別人，趁著凡尼亞舅舅還沒有拿著花束進來，請允許我……親吻您……當作告別……好嗎？（親吻她的臉頰）嗯，就是這樣……真是美好。

伊蓮娜．安德烈耶芙娜：祝您一切順利。（環顧四周）就這樣吧，一輩子就這麼一次！（充滿激情急遽的抱住他，緊接著兩人又迅速分開）我該走了。

阿斯特洛夫：快走吧。如果馬已經備好，那就動身出發吧。

伊蓮娜．安德烈耶芙娜：好像有人來了。

2 義大利文，意指喜劇閉幕。習慣上這句話也經常用以表示一些愚蠢或尷尬的事情終於結束。

兩人留心傾聽。

阿斯特洛夫：Finita！[3]

謝列布里雅科夫、沃伊尼茨基、瑪麗亞．瓦西里耶芙娜拿著書、切列金和索妮亞都走進來。

謝列布里雅科夫：（對著沃伊尼茨基）誰還惦記那些舊的恩怨，就挖去他的眼珠。[4]在事情發生之後的這幾個小時內，我經歷了很多也反覆思考，多少改變了想法，以至於我認為能夠寫出一篇論文來教育後代子孫生活的藝術。我很樂意接受你的道歉，

於此同時也請求你原諒我。（親吻沃伊尼茨基三次[5]）

沃伊尼茨基：你之後會收到跟以前一樣的金額。所有一切都會照舊。

伊蓮娜・安德烈耶芙娜擁抱索妮亞。

謝列布里雅科夫：（親吻瑪麗亞・瓦西里耶芙娜的手）Maman……

3 義大利文，意指一切都結束了。

4 俄羅斯諺語，意指君子不念舊惡。

5 俄羅斯親吻禮節，親近熟識之人才會互相貼臉發出親吻聲三次，依序為右左右。

瑪麗亞·瓦西里耶芙娜：（親吻他）亞歷山大，再拍張照片然後寄給我。您知道的，您對於我來說是多麼珍貴。

切列金：再會了，教授閣下。您啊可千萬不要忘記我們！

謝列布里雅科夫：（親吻女兒）再見……大家再見了！（向阿斯特洛夫伸出手）感謝你們陪伴我們度過美好的時光……我尊重你們的思維模式、你們的興趣喜好、你們的熱情，可是請允許我這個老頭子在臨別的致意加上唯一的意見：一定要，各位，做正事！你們必須要做正經的事！（向大家鞠躬）祝大家一切順利！（他走出去；瑪麗亞·瓦西里耶芙娜和索妮亞都跟在他後面走出去）

沃伊尼茨基：（狠狠的親吻伊蓮娜·安德烈耶芙娜的手）再見……我很抱歉……以後再也見不到面了。

伊蓮娜・安德烈耶芙娜：（深受感動）再見，親愛的。（親吻他的頭然後離開）

阿斯特洛夫：（對著切列金）去跟他們說，華夫，叫他們順便一起備好我的馬。

切列金：聽命，我親愛的朋友。（離開）

只剩下阿斯特洛夫和沃伊尼茨基。

阿斯特洛夫：（收拾桌上的顏料然後把它們整齊的放進行李箱）你怎麼不去送送他們？

沃伊尼茨基：讓他們這樣離開吧，我就是……我承受不了。我心情沉重。得趕快找些事情讓自己忙起來……工作，我要工作！

（翻找桌上的文件）

停頓；聽到鈴聲響。

阿斯特洛夫：他們走了。教授肯定是很高興！現在無論你用什麼東西都沒辦法吸引他回來這裡了。

瑪琳娜：（走進來）他們走囉。（坐在扶手椅上繼續織著毛線襪）

索妮亞：（走進來）他們走了。但願上帝保佑他們平安順利。（對著舅舅）好啦，凡尼亞舅舅，我們來做點什麼吧。

沃伊尼茨基：工作，工作。

索妮亞：我們已經很久很久沒有坐在這張桌子前面。（點燃桌上的一盞燈）墨水好像也沒了……（拿著墨水瓶，走到櫥櫃旁邊然後灌滿墨水）他們的離開讓我覺得悲傷。

瑪麗亞．瓦西里耶芙娜：（緩慢走進來）他們走了！（坐下然後專心閱讀）

索妮亞：（坐在桌前翻閱帳簿）凡尼亞舅舅，首先我們得記帳。我們的帳目嚴重混亂。今天又有人寄信來催帳了。寫吧。你寫一份帳單，我，寫另一份。

沃伊尼茨基：（寫）「帳單……先生……」

兩人默不作聲的寫著。

瑪琳娜：（打呵欠）想睡覺囉……

阿斯特洛夫：寧靜。筆尖在紙上磨擦的沙沙聲，蟋蟀唧唧的叫聲。溫暖，舒適……真不想離開這裡。

聽到馬鈴聲。

馬這就備好了……那麼，只好跟大家說再見了，我的朋友們，還有跟我的桌子道別，然後——走吧！（把地圖放進文件夾）

瑪琳娜：你這是又要急急忙忙的趕去做什麼大事嗎？多坐一會兒再走。

阿斯特洛夫：真的不行。

沃伊尼茨基：（寫）「還有之前剩下的舊有債務兩盧布七十五戈比[6]……」

工人走進來。

工人：米哈伊爾．利沃維奇，馬備好了。

阿斯特洛夫：我聽到了。（把藥箱、行李箱和文件夾遞給他）這些給你拿著。小心一點，不要把文件夾弄皺了。

工人：是。（離開）

阿斯特洛夫：那麼各位……（正準備告辭）

索妮亞：我們什麼時候才會再見面？

阿斯特洛夫：明年夏天之前應該都不會見到了。今年冬天大概怕是不怎麼可能……當然毫無疑問的，如果出了什麼事，請派人通知我——我就會過來。（握手）謝謝你的麵包、你的鹽[7]，

6 戈比是盧布的輔助單位，1 盧布＝100 戈比。

7 俄羅斯人以麵包和鹽招待客人，表示熱烈歡迎。此處是阿斯特洛夫感謝索妮亞的盛情款待。

和你的厚待……總而言之，謝謝你所做的一切。（走到保姆身邊然後親吻她的頭）再見了，親愛的老奶奶。

瑪琳娜：你就這樣走了嗎，不再喝點茶什麼的？

阿斯特洛夫：我不想喝，親愛的保姆。

瑪琳娜：或是喝點伏特加？

阿斯特洛夫：（猶豫不決）好吧……

瑪琳娜離開。

（短暫的沉默之後）我的馬有點跛腳。還是昨天彼得魯什卡牽他去喝水的時候才發現的。

沃伊尼茨基：馬蹄需要重釘。

阿斯特洛夫：等等只能繞去聖誕村找馬蹄鐵匠。免不掉了。（走到非洲地圖前面看著它）哈，這個非洲現在應該熱得不得了——

實在是太恐怖了！

沃伊尼茨基：喔，大概是吧。

瑪琳娜：（端著一個托盤回來，托盤上有一杯伏特加和一塊黑麵包）來吃吧。

阿斯特洛夫喝伏特加。

不用客氣，親愛的。（鞠躬致意）你啊應該要吃點黑麵包。

阿斯特洛夫：不了，我這樣就可以了……那麼，祝願一切安好。（對著瑪琳娜）不用送我了，沒那個必要。

他走出去。索妮亞端著蠟燭走在他身後，送他出去。瑪琳娜坐在自己的扶手椅上。

沃伊尼茨基：（寫）「二月二日植物油二十磅……二月十六日再一次植物油二十磅……蕎麥粒……」

停頓

聽到馬鈴聲。

瑪琳娜：他走囉。

停頓

索妮亞：（返回，把蠟燭放在桌子上）他走了……

沃伊尼茨基：（查算帳目並記帳）總共是……十五……

二十五……

索妮亞坐下也開始寫。

瑪琳娜：（打哈欠）喔，我們的罪孽……

切列金躡手躡腳走進來，坐在門邊輕輕調整吉他的弦。

沃伊尼茨基：（對著索妮亞，用手指梳理她的頭髮）我的孩子啊，我是如此痛苦！噢，如果你能夠明白，我有多麼痛苦！

索妮亞：可是又能怎麼辦，我們必須活下去！

停頓

我們，凡尼亞舅舅，我們要繼續活下去。來日方長，有無盡的日子，漫長的黑夜；我們要耐心忍受命運安排的考驗；我們依然要為其他人不辭辛勞埋首工作，無論是現在或是直到我們老去。一旦我們的時間到了，我們要謙卑的面對死亡，在另一個世界，我們要說我們曾經歷經艱辛，我們曾經哭泣，我們曾經飽受痛苦，上帝會憐憫我們，於是我和你，舅舅，親親可愛的舅舅，我們就能看見人生的光明、美好、優雅，我們會興高采烈並帶著感動，帶著微笑，回頭看我們現在的不幸——然後我們終將安息。我相信，舅舅，我熱烈的、瘋狂的相信……（跪在他面前，把頭靠在他手上。疲倦的聲音）我們終將安息！

切列金輕輕的彈吉他。

我們終將安息！我們會聽到天使的聲音，我們會看見天空布滿鑽石，我們會看見凡塵間所有險惡，所有我們經歷過的折磨，都會被充滿世間的慈悲掩埋，於是我們的人生就會變得平靜、溫和、甜蜜，就像是恩慈。我相信，我相信……（用手帕擦拭他的眼淚）可憐的、可憐的凡尼亞舅舅啊，你在哭泣……（含淚）你不曾在你的人生中感到喜悅，不過再稍微等等吧，凡尼亞舅舅，你再等一等……我們終將安息……（擁抱他）我們終將安息！

花園巡邏員敲打著什麼發出聲響。

切列金輕輕的彈奏。瑪麗亞．瓦西里耶芙娜在宣傳本邊頁上書寫。瑪琳娜織著毛線襪。

我們終將安息！

幕緩緩落下。

無論遭遇什麼難題，人生都必須繼續走

文／游孟儒

答應逗點邀約翻譯《凡尼亞舅舅》之後，我一直斟酌該用什麼口氣詮釋新的譯本，一開始非常小心翼翼盡量貼合字句翻譯，希望藉由這種翻譯方式完整傳達契訶夫的劇本語言，但畢竟《凡尼亞舅舅》與現今相隔一百多年，文化隔閡、語言使用差異等，樣樣預告了貼合字句翻譯得到的只是晦澀難懂的文字符號。隨著與劇中人物日夜相處，反覆琢磨情境、對話，梳理著角色們的情緒，我恍然大悟，應該採用契訶夫一開始在創作劇本所使用的概念，也就是一般人日常對話狀態。因此這次的譯本裡可以見到網路慣用語「羨慕忌妒恨」、常用於形容人的「嘰嘰歪歪」，甚至差點一度將「綠茶婊」也放進去，最後沒採用是怕編輯大人心臟受不住。由於《凡尼亞舅舅》是劇本創作，劇本是由人物對話構成，因此我相信以最日常的生活用語，彷彿鄉土劇般呈現更有助於讀者輕鬆貼近劇本的核心。

人物角色的塑造上，特別值得一提的是切列金與老保姆。切列金是落魄的地主，受過一點教育，叔叔出售莊園後便依附著沃伊尼茨基一家過活。劇本《凡尼亞舅舅》是於一八九八年出版，時值帝俄時代、階級主義時代，原文中切列金的說話方式，很明顯與真正受過教育的地主階級阿斯特洛夫、沃伊尼茨基有所差異，但礙於中文語序與表達方式，我使用大量無義語助詞跟贅字以塑造這個角色，表現原文中喋喋不休又講不到重點的情況。另外，第一幕伊蓮娜喊錯切列金名字的時候，切列金很激動的說：「錯了，女士……不是伊凡．伊凡尼奇，是伊利亞．伊利奇，女士……」原文中其實他在每段話結尾加了一個小小聲的s，意指某種卑微的口吻，經過長久思考，我決定在他話語中有s的部分都使用尊稱，以呈現那種下對上的表達方式。老保姆在原文中使用了許多甚至連現在字典都找不到的詞彙，我們可以想像在一個發展程度不是很高的鄉村地區，一輩子都在沃伊尼茨基家族裡擔任保姆（甚至管家）一職的年長女性，說出口的句子時常不完整，因此在翻譯她說話的用字遣詞其實花了不少時間琢磨。

譯後記

劇本一開始描述夏日午後戶外庭院喝茶場景，這是俄羅斯人日常生活狀態，俄羅斯由於日照時間短，因此每當夏日大家都盡可能把握住曬太陽的機會，直到現在俄羅斯各地餐廳仍會在夏季搭建露台擺放桌椅，每每一位難求。

契訶夫使用簡單的語言，在日常生活情節中反映艱深的人生哲學。因為我們每個人都同樣是在最一般的日常生活中，以自己的方式遭遇不同的磨難，完成不同的人生課題。分析《凡尼亞舅舅》的偶像崇拜、現實破滅等等不知凡幾，我則在翻譯過程中感受到凡尼亞舅舅的精神危機，還有不同角色各自的自我懷疑、自我價值低落：謝列布里雅科夫埋怨自己年老、伊蓮娜覺得自己永遠是配角、索妮亞以為得不到愛是因為自己長得醜、阿斯特洛夫強調自己變得粗俗、瑪麗亞認為謝列布里雅科夫永遠是對的、切列金除了因為外表失去老婆，還心存卑微的跟這個家族一起生活。幾個人物用不同的個人主體「我」在面對不同面向的問題，但也可以說，這些人物們相加起來就是一個大的社會主體「我」所需要面對的問題。隨著劇終，感受更深刻的是，契訶夫想要傳達包含做為人在現實生活中不得不的「妥協」。這其實跟俄羅斯人的處世哲學有很大關聯。俄羅斯位處氣候嚴寒地區，雖然幅員廣大，但俄羅斯人普遍有一種「聽天由命」的立世態度，並不是說他們單純以消極的心態面對命運的擺布，而是他們對於不可抗力因素的接受程度相當高。

凡尼亞不滿於現狀，但劇終他依然願意供養事實上已經沒有關係的姊夫。我們可以說衝突的發生是一個破口，有助於改變不順遂的現實生活，可是事實上無論是凡尼亞或是換做我們任何人，繼續按照舊有生活走下去的情況，卻遠遠高於推翻一切改變現狀的選擇。所以在我看來，「妥協」與「接受」的重要程度不亞於「破滅」，因為無論遭遇什麼難題，我們的人生都必須繼續走。

還有一點值得探討，謝列布里雅科夫工作二十五年，直到退休都心安理得的接受著亡妻弟弟與女兒的供養，甚至在離開莊園前還擺出高人一等的態度、奉勸大家要做正事，殊不知除了他與妻子不事生產，其餘所有人都勞動工作。明確點出當時俄羅斯社會問題，雖然農奴已經解放，但社會上不公平的階級制度，使得高高在上的上流階層依舊理所當然，享受他人辛苦勞動的成果。

契訶夫創造《凡尼亞舅舅》的社會氛圍，其實跟目前我們所處狀態十分相似：壓抑。被病毒圍困的我們，也許時常在心裡吶喊著謝列布里雅科夫的台詞：「難道我甚至一點自私的權利都沒有？難道我不配？」然後索妮亞的台詞就會出現在頭頂說：「可是又能怎麼辦，我們必須活下去！」無論你或我，都有可能是劇中的任何人，也許沒那麼好，卻也不是真正的壞，我們的所作所為就跟劇中人物一樣——為了繼續活下去。

言寺 82

凡尼亞舅舅

作者 契訶夫
翻譯 游孟儒
校訂 唐孟緯
總編輯 陳夏民
執行編輯 郭正偉
封面設計 小子
內文排版 林峰毅
編務協力 張曜
出版 逗點文創結社
地址 330桃園市中央街11巷4-1號
網站 www.commabooks.com.tw
電話 03-3359366
製版 軒承彩色印刷製版有限公司
印刷 通南彩色印刷有限公司
裝訂 智盛裝訂股份有限公司
倉儲 書林出版有限公司

總經銷 知己圖書股份有限公司
台北公司 台北市106大安區辛亥路一段30號9樓
電話 02-23672044
傳真 02-23635741
台中公司 台中市407工業區30路1號
電話 04-23595819
傳真 04-23597123

ISBN 9786269548644
初版一刷 二〇二二年九月
初版二刷 二〇二三年十一月
定價 新台幣300元

國家圖書館出版品預行編目(CIP)資料

凡尼亞舅舅/
契訶夫著；游孟儒譯. -- 初版. --
桃園市：逗點文創結社, 2022.09
192面；10.5×14.5公分. --（言寺；82）
譯自：Дядя Ваня
ISBN 978-626-95486-4-4(平裝)　880.55　111009326

☞ 黃衣國王

羅伯特·錢伯斯 著　楊芩雯 譯

據傳有一部名喚《黃衣國王》的劇本，華美字句間棲息著純粹的惡，因為邪門的原因在歐陸持續遭禁，反而流竄得更加猖獗。凡翻閱者都將收到一只黃色符咒，並且看見死靈現身。屆時，死靈將齊聲召喚黃衣國王降臨，將微不足道的人類世界蒙上一片漆黑、無以名狀的宇宙恐怖。

☞ 老爸的笑聲

卡洛斯·卜婁杉 著　陳夏民 譯

就算政府不可靠，老天不幫忙，我老爸一樣是打不死的蟑螂！——全宇宙最兩光的老爸，在台灣隆重登場！這一次，讓我們主動認識有點疏遠的厝邊鄰居：菲律賓。第一位在《紐約客》雜誌長期刊登文章的菲律賓作家卜婁杉，為你帶來讓《紐約客》編輯、讀者又哭又笑的農村物語。

☞ 御伽草紙

太宰治 著　湯家寧 譯

在無賴派大師太宰治的詮釋下，耳熟能詳的〈浦島太郎〉、〈肉瘤公公〉、〈狸貓與兔子〉以及〈舌切雀〉等日本經典童話故事，角色們都增添了一層囉唆煩人、惹人發笑的幽默色彩，也更加真實。看著活靈活現的動物與人類輪番上演人生悲喜，讀者總在歡笑之餘，感受到一股純粹哀傷的耽溺之美。

閱讀小說，沒有句點

☞ 世界就是這樣結束的

內佛·舒特 著　陳婉容 譯

第三次世界大戰爆發後，核能武器在短短一個月摧毀了世界，北半球歸於沉寂，而輻射塵死神一般飄向南方的澳洲……流落至澳洲的美國艦長杜威特遇到了熱情聰慧的莫依拉；笑看餘生而縱情享樂的女子、失去家國與妻小的孤獨硬漢，彼此袒露脆弱的心境，擦出哀艷無聲的火花。

☞ 星之彩：洛夫克拉夫特天外短篇集

H.P.洛夫克拉夫特 著　唐澄暐 譯

《星之彩》或許是克蘇魯神話體系之中，最能描述無形宇宙恐怖的篇章——一枚神祕隕石墜落在阿克罕近郊農村，幾天內便消失無蹤。不久，周遭農作物長成肥碩、苦澀、閃耀著陌生色澤之巨物，馬匹、家犬陸續失控暴走，也讓最靠近隕石墜落點的賈德納一家，遭遇前所未有的恐怖事件……

☞ 美麗新世界

阿道斯·赫胥黎 著　唐澄暐 譯

西方科幻三大反烏托邦小說之一。赫胥黎筆下的二十六世紀，人們以瓶子生產出來，並透過各種方式對自身階級產生依賴，終其一生不想改變自己的社經地位；守貞、守財的觀念不復存在，用藥合法化也讓社會更加安定……但這真是烏托邦嗎？一本指向未來，卻點出人類文明發展困頓的科幻經典。

「世物皆空，人也不例外。需要的，不過是光，還有某些程度的乾淨與秩序罷了。」

讀更多海明威著作！

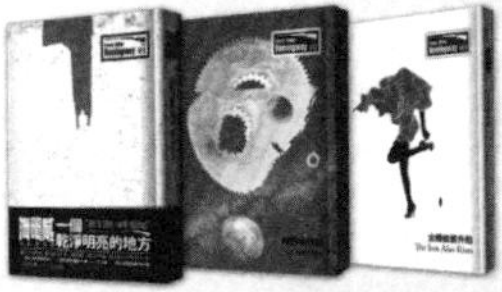

《我們的時代》
《一個乾淨明亮的地方》《太陽依舊升起》

#夜讀海明威

Ernest Miller Hemingway

海明威 × 逗點網站

歡迎登入www.commabooks.com.tw 閱讀專區
瀏覽更多海明威作品、生平故事及有聲書資訊。

逗點學校
學習，沒有句點
#Podcast
專家、學者、創作者一字排開
陪你透過耳朵延伸閱讀！
校長 陳夏民
教務主任 廖靖